Tiara Label

ティアラ文庫

大正艶異聞

なりかわり

華族家の秘めごと

丸木文華

presented by Bunge Maruki

プランタン出版

イラスト／笠井あゆみ

目次

※本作品の内容はすべてフィクションです。

同じところを、ぐるぐる、ぐるぐる
先へ進んでいるつもりであったのに
途中の道を、塞がれて
まあるく道を、作られて
いつの間にか、元の場所へ戻ってきて
ぐるぐる、ぐるぐる、回り続けているのでした

男から女へ

「よくお似合いでございますよ」

大きな姿見の前に立った文子《あやこ》には、下女たちの溜息《ためいき》のような賛辞が惜しげもなく囁《ささや》かれる。まるで朝露《あさつゆ》に濡れる白椿《しろつばき》のよう。朝日に映える白百合《しらゆり》のよう。しっとりとした曙《あけぼの》色の友禅《ゆうぜん》に身を包んだ文子を口々に褒めそやす女たちに、当人は無感情な顔つきのまま、微かに口もとに笑みを浮かべるだけだ。

文子はじっと見知らぬ誰かを見るように姿見に映る若い女を観察した。白い柔らかな肌。珠《たま》を彫ったようなくっきりとした目鼻立ち。紅を差さずとも紅い唇。なだらかな曲線を描く薄墨《うすずみ》を刷《は》いたような眉の下には、優しい顔立ちを裏切るような意志の強い大きな瞳が、鏡の中から真っ直ぐな目でこちらを見返している。

英吉利《イギリス》から帰朝してもう一月が経つというのに、未だにこの姿に慣れない、と文子は細い溜息をつく。ようやく首筋にかかるほどに伸びた漆黒の髪には珊瑚《さんご》をあしらった洋風簪《かんざし》が飾られている。満足に結える長さになるまでにはいましばらく時が必要であろう。

こうして、自分は少しずつ作り替えられ、「女」になっていくのだ。

その自覚はじわじわと文子を侵食し、強張った胸の内にゆっくりと諦めを教え込んでいく。

（私は女――――女なんだ。何も不思議なことはない。産まれたままの性へと還《かえ》るだけ）

今までが不自然だったのだ。父親によって作り替えられた偽りの姿。そのかりそめの人生を自分は十七年間、生きてきた。それが突然元の形に戻されることになったとは言え、そこに何の不都合があろう。これからが、本当の人生。本当の、柳沢《やなぎさわ》文子の人生なのだ。

「私、どこもおかしくはないかしら」

押し黙っていた文子が、ふいに思い出したように口を開いたため、周囲はにわかにほっとした雰囲気になり、下女たちは殊更《ことさら》明るい声で騒ぎ立てた。

「姫様は、本当にお綺麗ですわ」

「ええ、本当に。今夜の夜会で姫様に敵う方などおりませんとも」

文子はありがとう、と言って鏡から目を逸らした。自分の目には到底美しいとは映らない。それどころか、まるで道化者のようで、滑稽《こっけい》だ。

けれど、それでいい。これが自分の役割だ。これから、この無様な姿で、見世物になりに行くのだから。

そのとき、控えめに扉がノックされた。文子の背筋に悪寒《おかん》が走る。

「準備は済みましたか」

朗々とした、それでいてどこか無遠慮な声だ。文子が返事をする前に、どうぞ、と下女が恭《うやうや》しく扉を開けてしまう。

現れた男は五尺八寸ほどの長身である。張りのある褐色の肌に彫りの深い顔立ちは、その逞しい厚みのある体と相まって日本人離れして見える。

男の顔立ちそのものには気品があった。しかしそこへ微妙な表情が揺蕩《たゆた》うとき、不思議と何か卑しい泥臭い陰が、その優雅な造作を汚すのだ。男は奇妙な雰囲気を纏《まと》っていた。ひどく繊細でありつつ気位の高いようにも見え、同時に卑屈で野蛮にも見えた。

男は奥に立つ文子の姿を見て立ちすくんだようにじっとして動かない。やがてほうと溜息をつき、部屋に踏み込んでくる。

「ああ、文子さん。あなたは素晴らしい。なんて美しいんだろう」

下女を押しのけ大股で歩み寄る男を横目に見て、文子は秘かに固い唾を飲み込んだ。男

の気配が近づいてくるというだけで、肌が粟立《あわだ》つようだ。

「しかし、やはりドレスを着る気にはなりませんか」

からかうような声音に、文子は初めて真正面から男を見上げた。切りつけるような視線を平然と受け止める男が憎らしい。文子はかつてそうしていたように、腹に力を込め、威圧的な低い声を発した。

「言ったでしょう。私はダンスなど踊らない」

「――文子さん」

男の浅黒い端正な顔がいびつな笑みを浮かべる。

「まだ、女言葉は喋り慣れませんか」

どこか嘲《あざけ》るようなその口調に、文子は眦《まなじり》を鋭くして、燃えるような目で男――正章《まさあき》を睨みつけた。

柳沢正章は文子の腹違いの兄である。しかし、その事実はつい半年ほど前にわかったことであった。正章は今までこの伯爵家で下男として働いていたのだ。しかしその血統が判明するやいなや、唐突にこうして屋敷の主人に祭り上げられた。その座は、何の変化もなく日々が過ぎていけば、文子の収まるはずだったものだ。

そう。文子は、一月前まで、女ではなかった。

柳沢文人《あやと》――柳沢家の跡取りとして、男として――柳沢伯爵の後を継ぐ嫡男《ちゃくなん》として、華やかながらも厳しい人生を歩んできたのである。

＊＊＊

「奥方様、肩が抜けましたわ！　あと少しでございます！」

――明治三十三年。

激しい雨の夜だった。どうどうと滝壺《たきつぼ》のような轟音を轟《とどろ》かせ、鈍色《にびいろ》の空は荒れ狂っていた。

晩秋の嵐の真夜中、柳沢松子《まつこ》は彼女にとって第三子になる赤子を産み落とそうとしていた。

逆子であった。難産であった。そしてその母の苦しみは、大雨と強風の暴れ狂う天空は、今まさに生まれでんとしている赤子のこれからの苦難を象徴しているようでもあった。

「おめでとうございます！　奥方様、玉のような可愛らしいおひいさまでございますわ！」

厳しく長いお産の果てに産まれたのは、女の子であった。松子は、けたたましい赤子の元気な産声を聞き、ほっと安堵の息をつき微笑みながらも、その表情に落胆の色は隠せなかった。

柳沢家は清華家《せいが》の流れを汲む京都の公家華族から分家した名門である。松子の夫、柳沢秀隆《ひでたか》は、女系の柳沢家において何代も婿《むこ》を迎えてきたところに珍しく生を受けた待望の嫡男であり、それはそれは大切に扱われ、わがままの限りを尽くして育った暴君であった。

生活力に乏しい大半の公家華族がそうであるように柳沢家も裕福ではなかったが、秀隆の代では請われて投資した知人の会社が急成長し、一時盛り返していた。だがお坊ちゃん育ちの秀隆はそれで調子に乗ってしまい、方々へ名前を貸したり言われるままに株を買ったりしている内に、いつの間にやら再び家は傾き始めた。

その頃贔屓《ひいき》にしていた怪しげな祈禱師《きとうし》の影響もあってか、秀隆はこの運勢は家の後継者如何《いかん》に左右されるものと決めつけ始める。それはつまり、女系で婿ばかり入れていた頃はやはりはかばかしくなかった家運が、直系の男子秀隆により上向き始め、しかしやはり妻や妾《めかけ》に女しか産まれないことで、再び悪い方向へ転がり始めてしまったのだと言うのである。

そうして、妻の松子が第三子を授かる。今度こそはと周囲が祈るような気持ちで男子を望む中、産声を上げたのはやはり女児であった。

しかし当主の秀隆はその事実を受け入れようとしなかった。件《くだん》の祈禱師が、「次は必ずや立派な若様が産まれましょう。万が一姫様であれば、お家は更に傾きましょう」との予言を授け、秀隆はそれを信じ切っていたからだ。

「よいか。この子は文人と名付ける。男子として育てるのだ」

そう宣言した秀隆に、皆が呆気にとられた。その場にいたのは産まれたばかりの赤子の世話をする下女二人、お産の疲れに寝台にぐったりと横になったままの松子、傍らの長椅子に腰掛けた秀隆の母、良子《よしこ》、そして妹が産まれたと産衣《うぶぎ》に包まれた赤ん坊を覗き込んで喜ぶ幼い長女の章子《しょうこ》と、次女の珠子《たまこ》であった。

「殿様、一体それは、どういうことでございます」

寝台に半身を起こしかけた松子が声を震わせた。「この子は女の子でございますのよ」

「そんなことはわかっている。だからそれは、ここにいる者たちだけの秘密にするのだ」

「そんな。秀隆、お前何ということを」

良子は立ち上がって興奮に血の気の上った顔で息子を睨みつけた。

齢《よわい》七十近くにしてそうとは見えぬ頑健な老女である。一人息子を甘やかし傲岸な当主に育ててしまったという後悔があるためか、その汚点を拭おうとするかのように夫亡《な》き後も病ひとつせず壮健で、立派に家を切り盛りしてきた。今や真っ向からこの殿様に意見できるのは、母の良子だけである。

「そんな馬鹿げたことがこのご時世まかり通るとでも思っているの。女として産まれたこの子が、男としての人生を歩めるなどと、まさか本当に考えているの。人一人の人生は、そんな簡単に変えられるものじゃないんですよ」

「もちろん知っています。だが、この子に背負わせる困難な道のりよりも、この家が没落してしまうことの方が、よほど恐ろしい。それは皆にとってもそうでしょう。私は、柳沢家の主として、家の存続を第一に考えているだけなのです」

それを聞いて、良子の骨張った肩は怒りのためにぶるぶると震えた。

「また、あんな卑しい者の妄言を真に受けて！　恥を知りなさい。仮にも清華家の血を引く家の伯爵でありながら、氏素性《うじすじょう》のわからない者の言葉に従うとは」

「お母様、黙っていて下さい。私はもう決めたのです」

「こんな恐ろしいこと、黙っていられますか！」

いつもはどっしりと構えて威厳のある様子の祖母が取り乱した姿を見せるのに、二人の幼い娘は不安気に寄り添い、所在無げにお互いの着物の裾を揉んでいる。

「今はもう女戸主は認められない世だというのに、男のふりをした女が家を継いで、そしてどうなるというの。女が妻を娶《めと》るというの。子を産ませられるというの。お前のしていることは、この家を絶やさせることに他ならないのですよ」

「次の代は章子か珠子に男子が産まれればそれを貰えばいい。柳沢家の直系には違いありませんからね。また女しか産まれなければ、この子のように男として育てればよいのです。とにかく、他の血を入れるのがいけない。赤の他人を次の柳沢伯爵とすることなど、私はもう御免です。それが家運を傾かせてきたのですから」

「この先松子に男の子が産まれないとも限りませんよ。妾もいるじゃありませんか。もっと若いのを作ったっていい。可能性はいくらだってある。愚かなことはやめて、それをお待ちなさい」

「私はもうとうに四十を超えていますよ、お母さん。元々そんなに精力のある方じゃないのです。そうそう子供などできやしません。ええ、もちろん可能性もなくはないでしょう。そうしたら、この子を女に戻してやればいい。なに、戸籍の問題などどうとでもなりますよ」

「秀隆！」

堪え切れなくなったように、良子は嗄《しゃが》れた声を張り上げた。

「お前、可愛い我が子の人生を玩具のように弄んで、一体誰が幸せになるというの！　そんなことでこの家の命運が決まるなどと、お前は本気でそう思っているの！」

良子はしまいには涙をこぼして息子を詰《なじ》ったが、秀隆の決意は変わらなかった。良子の他には秀隆を説き伏せようと試みる者すらその場にはおらず、結局、女でありながら将来家督を継ぐ者として、男子として、この日産まれた赤子——文人は生きていくこととなったのである。

＊＊＊

（私には、お祖母様の記憶はほとんどない。その腕に抱かれたことも、顔を合わせたことすらも、あまりなかったのではないかしら）

文人が誕生して以来、屋敷の女主人然として毎日忙しくしていた良子は、柳沢邸の敷地の一角にある隠居所に閉じこもって、ほとんど出て来なくなってしまった。息子の暴挙を止めることのできなかった悔恨と無力感が老女の体から気力を奪ったのであろうか。結局、文人が五つにも満たない内に、孫の行く末を案じながら、儚《はかな》くなってしまった。

周囲の悲嘆に反して、文人は柳沢家の跡取りとしての自覚を早くから持っていた。それは、己の秘密を知る身内の、常に哀れむような視線を日々一身に受け、それに押し潰されまいと意志を強く持ち続けてきた結果なのかもしれない。

文人は聡明な少年——もとい少女だった。ちゃんと男に産んであげられなくてごめんなさいと時折嘆く母を、私はお母様の子供に産まれて幸せですと慰め、綺麗な着物も豪華なデコルテも着られぬのが可哀想と同情する姉たちに、動き易く体を締めつけない男の服装も悪くはないと微笑み、こんな健康な娘の体を持っているのに全く不運なおひいさまだと苦りきる主治医には、もっと男らしく見えるにはどう鍛えればよいか、何を食せばいいか、月のものの対処はどうすればよいかなどと教えを請《こ》うて男泣きさせた。

（皆、私が立派にやっていると言うけれど――私は、ただやるべきことをこなしているだけだった。期待されていることを裏切らぬように対処してきただけだった）

己の悲運を嘆くことはなく、周囲を気遣い、そうすることこそが最も苦しみが少ないと無意識の内に知っているかのように、文人はただ水の流れに逆らわず生きていた。

彼女は危険な障害だらけの川を器用に泳ぐ魚だった。そのごく自然な様は、家族にすら彼女が女であることを忘れさせるほどで、文人はいつしか真実、家の中でも男として扱われるようになっていた。

幼い頃より、決して誰にも女であることを知られてはならぬ、己の体のことは忘れよ、男として生きよと父に厳しく言い含められてきた文人は、その言いつけ通り、立派な男子として振る舞うことを何よりも優先し、並の男よりも男らしく、誇り高く、そして次期伯爵としての矜持《きょうじ》を持っていた。

（何もかもが変わってしまったのは、あの日――お父様が胸の病で倒れられてからのこと）

文子は麴町《こうじまち》の邸を出て、赤坂《あかさか》の鹿野《かの》子爵の屋敷へ向かう自動車の中で長い袖を持て余しながら、男だった頃を延々と反芻《はんすう》している。こんな風に未練がましく過去のことを考えてばかりいるのは、今の状況に納得がいっていないからだ。

無論、若い妾にでも男児が産まれれば、文子はいつでも女に戻るという心積もりはできていたつもりだった。しかし、十七年という年月の中で、一向に男の子が産まれず、父も老いていくにつれて、自然と自分が後を継ぐということは決まったようなものという意識があった。それは文子だけではなく、皆がそういった認識を持っていたように思う。

そこへ、伯爵が病に倒れた途端、彗星《すいせい》の如く後継ぎとなるべき男子が現れたのである。

（それが――この男）

文子は向かい側に座る正章をちらと眺めた。

正章は二十五歳。すでに他家へ嫁いでいる柳沢家の長女、章子のひとつ下の年齢である。正章の母親は西班牙《スペイン》人の血の入った女で、まだ柳沢家に奉公したての女中だった。産まれた時期からすると、松子が章子を妊《みごも》っている間にお手つきになったようだが、良子はそれを知るや、由緒正しい柳沢の家に異人の血の入った子供などとんでもない、庶子《しょし》にすらできぬと、僅かな手切れ金を渡して早々に追い出してしまった。

だが、そのときに産まれた子が男児だとわかっていたら、柳沢家はどうしたであろうか。まだ第一子が産まれたばかりであるし、秀隆の傾倒していた例の祈禱師はまだ後継ぎのことに関して注文をつけていなかった頃なので、やはり追い出すことに変わりはなかったかもしれないが、少なくとも後で呼び戻そうとはしたかもしれぬ。異人嫌いの良子とて、女として産まれた赤子を男として育てるなどという突拍子もない息子の意向をそのまま受け入れるよりは、西班牙人の血の混じった男児を後継ぎに立てたに違いない。

「大丈夫ですか」

ふいに呼びかけられて、文子はつと顔を上げた。正章はどこか複雑な目の色をして文子を見つめている。漆黒の目に、漆黒の髪。日に焼けた褐色の肌。その色彩は日本人の男と何ら変わりない。ただ、その顔立ちや体つきが、趣《おもむき》を異《い》にしていた。それは、こうして夜会のための洋装に身を包むことで、より顕著になっていた。

「不安なのですか」

「不安なのは、お兄様の方でしょう」

文子は表情を動かさず、視線をすいと窓の方へ逸らす。

「夜会に慣れていないからと言って、柳沢家の者として恥ずかしい振る舞いはなさらないでね」

「――仰《おお》せのままに」

白い歯をちらりと出して正章は片頬で笑った。慇懃無礼《いんぎんぶれい》な態度に、嫌悪感を隠し切れず頬が強張る。

そう。自分がこの状況に不快感を覚えているのは、決して後継ぎの座を奪われたからなどではない。この男だからこそ、気に入らないのだ。お兄様と呼ぶことすら本当は嫌なのだ。

（ただの下働きの、卑しい下男だったくせに）

正章は五年間、柳沢家に奉公していた男だった。母の死後、実の父と聞かされていた柳沢伯爵の側で働きたいと、名乗らず勤めを続けていた。伯爵が倒れ、最後の最後に、せめてずっと伯爵を恋い慕っていた母の最期のことだけは聞かせたいと己の出自を打ち明ける決心をしたのだと、本人は言う。まさか名乗り出たことで伯爵の後継ぎになろうとはゆめゆめ思っていなかった。れっきとした嫡男がすでに存在しているのだから、そのようなことになろうとは、誰が考えついただろう、と。

しかし、文子は知っている。それらは全て正章の白々しい嘘なのだ。

（なぜなら、この男は私が女だということを知っていた。私が男のふりをしていたのはな

ぜかということも、知っていたのだから）
今際《いまわ》の際に現れた男に、秀隆は確かにかつて目をかけた混血の女中と自分自身の面影を見た。そして病床の伯爵は、文人に一年間の英吉利留学を申し渡した。その間に、秀隆は没した。文人はそれを遠い異国の地で知り、そして、家からの使者より、『文人』の廃嫡と、正章を後継ぎとして迎え入れることを告げられたのである。
つまり、文人はその性別を入れ替えて、後継ぎの座を放棄させられるためだけに、英吉利へと行かされたのだ。しかし、文人がその事実を知ったのは、父の死を知らされたその日——英吉利に旅立ってから半年もたったある日の午後のことだった。
文子は正章のために次期当主ではなくなり、父の死に目にも会えなかった。たとえそれが父本人の意思だったとしても、この男さえいなければと文子が考えてしまうのは如何ともしがたいことだった。

＊＊＊

鹿野子爵の邸宅に到着し屋敷へ入ろうとすると、門をくぐった途端に着飾った婦人の群れがわっと正章を取り囲んだ。

「正章様！　お待ち申し上げておりましたのよ」

「まあ！　今日も本当に素敵なお召し物ですこと」

「正章様にお召しになって頂ければ、どんな洋装も実物以上に輝きを増すようでございますわね」

皆隣の文子を見てはっとした顔をするものの、一言も声はかけずあえて無視して正章を囲んではしゃいでいる。聞いているこちらの背筋が痒くなるような女たちの世辞の嵐を、正章は鷹揚《おうよう》に微笑んで受け流す。

話には聞いていたものの、あまりのこの男の人気ぶりに呆気にとられているのを、駆けつけてきた姉の珠子に腕をとられ我に返る。

「文子、こっちへいらっしゃいよ。あんなの、気にすることはないわ」

「珠子姉様、これは一体何の騒ぎ」

仏蘭西《フランス》製の翡翠《ひすい》色の夜会服をまとった珠子は、文子を広間の方へ引っ張っていきながら、嘲るように鼻を鳴らした。珠子は今年二十一になる。下膨《しもぶく》れで、目はぱっちりとして丸く、いくつになってもまるで赤ん坊のようなぽちゃぽちゃとした愛らしさがある。瓜実顔《うりざねがお》でくっきりとした顔立ちの文子とはあまり似ていない。

年齢から言えば正章は兄だというのに、彼女は一度もそう呼んだことはなく、ただ他人行儀に正章さんだのあの人だのと言うだけだ。

「浅はかな女たちね。あんな男、ただ見目がいいってだけなのに。そんなこと、どうでもいいじゃない。それよりも、あなたの初めての夜会なのよ！　まあ、これは皆が虜《とりこ》になるに違いないわ」

珠子は長女の章子の元へ文子を連れて行くと、目を輝かせて妹の周りを踊るように一周する。

「ああ、文子！　なんて綺麗なの。なんて可愛らしいの。まるで鏑木清方《かぶらぎきよかた》の絵画から抜け出てきたようよ」

「褒め過ぎですわ、珠子姉様」

「本当に素敵よ、文子」

落ち着いた声で、しかし瞳を熱っぽく潤ませながら、藤《ふじ》色の着物を着た章子は文子に微笑みかける。章子は二十六である。珠子よりは文子に似ているが、文子が現代的な美人といった雰囲気なのに対して、章子は純正の古風な和風美人といった趣である。

「あなたのこんな姿を見るのはまだ数回ほどだけれど、まあ、毎回見蕩《みと》れてしまって。あなたが着物を着て宴に出るのが初めてのせいかしら、屋敷で見るよりもよほど美しく見えるわ。デコルテなど着られたら、私どうなってしまうかしら」

「私、洋装はしません。倫敦《ロンドン》で少し着ていたけれど、似合わないもの」

「何を言っているの。あなたの洋装姿なんて、優雅に決まっているわ。腕のいい仏蘭西人の裁縫師をつけてあげる。あなたにぴったりの夜会服を作ってあげるわ」

「珠子姉様ったら」

　二人の姉は文子が女に戻ってからというものの、日々の服装や夜会の服などにあれこれと世話を焼きたがる。文子は自分がまるで人形にでもなったような心地で姉たちにいいようにされている。二人ともすでに子供を持つ母親であるというのに、まるで新しい娘でも授かったかのような浮かれようだった。

（そうか。私も、普通の女になったのだから、姉様たちのように結婚して子供を産むこともできるのだわ）

　二人の姉がこの子にはこういう服が似合うこんな色が似合うとああでもないこうでもないと議論し始めるのを眺めながら、文子はぼんやりと考えた。

　文子は十七で、今年の秋に十八になる。すでにどこかへ嫁いでいてもおかしくない年齢だ。実際、もういくつか縁談の来る気配はある。

（文人は英吉利留学中に現地女性と恋に落ち出奔《しゅっぽん》――ゆえに廃嫡《はいちゃく》。元は双子で産まれていたものの、縁起が悪いと他へやっていた文子を呼び戻し、柳沢家の籍に入れた

――性別を変えるためだけの、おかしな茶番)

実際、それは荒唐無稽《こうとうむけい》なお芝居だった。誰もが文子の正体など知っている。けれど、表向きは知らないふりをしているだけ。皆が柳沢家の奇妙なお家騒動を、含み笑いで眺めているのだ。

現に、文子が現れてから、周囲からは好奇の視線が遠慮なく注がれていた。それを極力文子に意識させまいと、二人の姉は過剰に賑やかに振る舞っているのだ。

それにしても、柳沢家をこの珍妙な状況に陥《おとし》れた件の祈禱師とやらはどこへ行ったのだろう。今は行方知れずでまるで煙のように跡形もなく消えてしまった。前伯爵亡き今、内情を引っ掻き回された一族の恨みを恐れてどこかへ遁走《とんそう》してしまったのだろうか。そんなことも、もはや文子にとってはどうでもいいことだったけれど。

そのとき、入り口付近でご婦人方に捕まっていた正章がようやく解放されてこちらへやって来る。

「文子さん。子爵にご挨拶に行きませんか」

「ええ、そうですわね。姉様がた、また後ほど」

文子は二人の姉に頭を下げ、正章に従う。姉たちは曖昧《あいまい》に微笑みながら、正章にはちらと視線を投げやっただけで、その存在を黙殺した。周囲には婦人たちのそわそわとした露骨な媚態と、男たちの軽蔑と嘲笑の冷たい視線が満ち満ちている。今までになかったその奇妙な雰囲気に、文子は目の前の男の広い背中をひたと凝視した。

柳沢正章という異端の男に乱される空気。雅《みやび》な、そしてどこか陰りがあり憂鬱《ゆううつ》な貴族社会に突如捩《ね》じ込まれた、一人だけ毛色の違う生き物。

文子が英吉利へ追いやられた一年間で、男は見違えるように変わっていた。ある程度の気品と華族の知識、行儀作法を身につけ、ただ力仕事に汗を流していた下男だった頃とは別人のようになっていた。

けれど、その身にこびりついた下賤《げせん》の振る舞いは根底から消すことはできない。文子は正章を目の前にする度に、湿った土のにおいを感じる。乾いた太陽のにおいを感じる。外で草を食《は》む者たちの、内で埃《ほこり》や汚れを洗い清める者たちの、戦場でもがく小さな足軽たちの、汗のにおいを感じるのだ。

「本日はお招き頂き、ありがとうございます」

正章と文子の挨拶に、鹿野子爵はにこにことして楽しそうに、ようこそ、とどこか芝居めいた仕草で頭を下げる。

子爵はいかにも堂上《どうじょう》華族の公卿《くぎょう》といった雅で優しげな、神経質そうな顔をした男である。先代が貴族院の大物で資産家であり、それを受け継いだ子爵は若い頃から人を集めて賑やかに楽しむことが大好きで、度々近しい者たちを集めては宴を催すのである。文子と正章の父である先代の柳沢伯爵は鹿野子爵と学生時代懇意《こんい》にしていて、こういった場にはよく招待されていた。無論、文子が『文人』であった頃にも面識のある人物である。

「いらして下さって光栄ですよ。あなたも大分伯爵ぶりが板についてきたようですね」

「ありがとうございます」

正章は文子が英吉利にいる間、すでに子爵の宴に顔を出したことがあると見えて、子爵は親しげな様子で若い伯爵を見上げた。そしてその視線をおもむろに文子へ移し、その顔をじっと見つめる。その眼差しには、哀れみと好奇が交互に漂っていた。

文子は一瞬狼狽《うろた》えそうになり、気を奮い立たせ平常心を装った。子爵は痛ましげに文子を眺め、優しく微笑んだ。

「それに――――文子さん」

「はい」

「初めまして。とてもお綺麗だ」

文子は黙って頭を下げた。頬は屈辱のために赤く燃えていた。

(耐えなければいけない。耐えなければ)

この鹿野子爵の夜会が、文子にとって初めて女になって世間に出る舞台であった。これからいくらでも、この白々しい言葉を聞くことになるのだろう。

英吉利で父の死を知り、その遺言を知ってから、およそ半年。日々女に戻るための訓練が施され、ようやく日本へ帰ってきたのが一月前。文子は様々な変化に驚かされ、打ち拉《ひし》がれながらも、これからはこの世界で生きていくしかないのだということを知っていた。泣いても喚いても、どうにもならないのだということを、幼い頃から父の命令により男の人生を歩まざるを得なかった頃と同じく、静かに受け入れたのである。

「文子様。あなたが、柳沢の文子様ね」

聞き覚えのある華やかな声に、文子は息を呑んだ。小走りに駆け寄ってきたのは、炎のように赤い薔薇《ばら》色のデコルテをまとった、鹿野子爵の二番目の娘、瑠璃子《るりこ》である。女としては背の高い文子に並ぶほど大柄の瑠璃子は、その肉体の豊満さも相まって、今はすらりとした和装姿の文子を圧倒するような厚みがあった。

「あたし、瑠璃子でございます。年頃も同じようですし、仲良くしてやって下さいましね」

「――――ええ。よろしくお願いしますわ」

瑠璃子はそこにいるだけで周囲がぱっと華やいで見えるような美しい賑やかな姫である。目鼻立ちも整っており、やや受け口で目が大き過ぎるのがまた、不思議と彼女の魅力の一部になっていた。

柳沢の三姉妹の長女章子が、全て完璧な顔の造りをしているのに、それで却ってつまらなく、大人しく存在感がないのに比べると、全てが調和せず、個性的な特徴のある顔立ちの方が、愛嬌もあり、人目を引くといういい例なのかもしれなかった。

「ねえ、あなた、英吉利に行っていらしたのでしょ？　お話聞きたいわ。あたしも海の向こうへ憧れていますの。今は女だって見聞を広めなきゃいけない新しい時代ですものねえ」

「えっ。いえ、その――私は」

唐突にぺらぺらと話しかけられて、文子は言葉に詰まってしまう。何しろ、事実文子は英吉利に行っていたものの、それは『文人』としての経験であった。文子は、名も知れぬ家へ追いやられていた不遇の娘であったという設定なのである。

弱り切った文子に助け舟を出すように、子爵が娘をたしなめる。

「これ、瑠璃子。お前は何を言っているんだね。文子さんは英吉利になど行っていやしないよ」

「あら、そうだったわ。あたしったら。堪忍してね、文子様。英吉利へ行ってらしたのは、あなたの双子のお兄様の方でしたわねえ。おほほ」

わざと大きな声で笑う瑠璃子の声に、周囲の客人たちも堪え切れなくなったようにくすくすと小さな声を漏らし始める。恥ずかしさを通り越し真っ白な顔色をしている文子を、瑠璃子はぎらぎらとした毒々しい目で凝視した。それは女たちが文子を見つめる漠然とした嫌悪の視線とは違い、あからさまな憎悪の眼差しであった。

つと瑠璃子は文子に寄り添い、耳元に囁いた。

「恥をかかされたとお思いになって？　だけどこれはあたしがあなたから受けた辱めを少しだけやり返してやっただけのことなのよ」

「瑠璃子様」

文子はにわかに瑠璃子の心を覗いたように思って、その大きな瞳を見つめた。すでにそこには先ほどの猛々しい興奮の炎はなかった。どこか虚しさを孕《はら》んだ表情で、瑠璃子は一瞬さっと頬を紅くした。

「いくらお誘いしてもなびかなかったはずですわ。とんだ道化よ」

するりと傍らをすり抜けて行く瑠璃子の薔薇の香水の匂いに、文子はふと懐かしく昔もここで彼女と会話し、ダンスに興じたことを思い返した。

瑠璃子は奔放《ほんぽう》で遊び好きの姫で知られていた。いつでも燃えている彼女の肉体は常に遊び相手を欲していたのである。瑠璃子は若く美しく、何よりその豊かな体つきは魅惑的だった。誘われれば男たちは皆瑠璃子に応じた。そこへ首を縦に振らなかったのが文人だけだったものだから、瑠璃子は躍起になって文人に迫り、いつしか本気で恋をするようになっていたのである。

『あたしを遊女のように扱わないのは、あなただけなの。あなただけがあたしを軽んじず、一人の女として見てくれているの』

そう言って、憧憬を込めた熱っぽい目で見つめられたのを、文子は昨日のことのように思い出す。

（可哀想な人。それに、彼女が陰で男たちに何と噂されていたかも、私は知っているのだから）

いくら自由で奔放であると言っても、所詮は籠《かご》の鳥。ゆくゆくは貞淑な妻であることを要求される華族の姫君であり、なんといっても女というだけで男たちに下に見られ、縛られなければいけない存在なのだ。夜の遊びは男にとっては誉《ほま》れになり得るけれど、女にとってそれは汚名にしかならない。瑠璃子は生まれ持った性質のために、いくら軽蔑されれど男を求めるしかない、悲しい女であった。

（ああ、女——私も女なんだ。檻の中で飼われる女。矮小《わいしょう》な、愛玩動物のような女）

女という性——それは華々しく柔らかでありながら、冷たく、重苦しい、と文子は思う。それは己がこれまで男という性を演じてきたからこそ感じることなのかもしれない。

感じたことを思うままに言うことは許されない。はっきりとした物言いをすれば、はしたないと思われてしまう。いつも優しく微笑んで、言いたいことは腹の中にしまい込み、決して表に立たず、男の後を静かについて歩く。それが女。求められるべき淑女の姿。

それはまるで青く冷たい水の中にいるようだ。どこまでも沈み込んでいく、女の深淵。しかし、その水底には、閉じ込められてきた烈《はげ》しい情念が荒れ狂っている。長い間隠されて、深みを増し、粘度を増し、どこまでも絡みついてくる悪臭を放っている。文子は自分が女に戻ることで、己の腹にそういった魔物を飼わなくてはいけなくなるのではないかと、恐怖していた。

「彼女は、あなたのことが好きだったのですね」

瑠璃子とのやり取りを黙って見守っていた正章が、思い出したように口を開く。文子は男が側にいたことすら忘れていて、少し不意を突かれたように思った。にわかに不快な気分がこみ上げ、思わず文子は異端の兄を睨みつけた。

「どうしてそう思うの」

「わかりますよ。私だって、そうですから。彼女と私は同じです」

「あら、そう。確かに同じね。どちらも、実らぬ恋」

吐き捨てて、文子は正章の側を離れた。

(馬鹿にして。見下して。あの男は、女と知ったときから、野蛮な目で私を見ている)

瑠璃子と同じだなんて、とんでもない。瑠璃子にも確かに肉欲はあっただろうけれど、それでも彼女の自分に対する気持ちは恋だったのだ。けれど、正章の視線は違っていた。いつもどこか湿り気を帯びていて、文子の着物の下や、さらしを巻いた奥の肌まで見通そうとするような、下劣な熱を滲ませていた。

後方で女たちの黄色い声が上がる。文子がその場を離れた途端に、再び女が群がり始めたのだ。文子は鼻白んで小さく肩をすくめた。

(手をかけられて大事に育てられた花しか知らないやんごとない姫君たちが、野生の花の珍しさをもてはやしているだけ。あんな男、何の価値もありゃしないのに)

楽団が音楽を奏《かな》で始める。正章は押しの強い娘に手を取られ、広間の中央に連れて行かれ、他の客人に混じってステップを踏み始めた。

上背もあり厚みのある体をしている正章はぴたりとあつらえたような洋装も相まって目を引いた。文子はこの腹違いの兄のダンスを見るのは初めてだったけれど、それは一瞬批判の心を忘れさせるほどに見事なものだった。

元々運動神経も発達しているし体を動かすことは飲み込みもよかったのだろう。付け焼き刃の訓練を受けただけのはずが、昔からダンスをやっているはずの華族の子女よりも淀《よど》みなく美しい動きをしていた。

相手の娘はうっとりとして正章の腕に抱かれ夢見心地でステップを踏んでいる。重そうな娘の太い腰を軽々と抱くその逞しい腕に、あの日のことを思い出し、文子は思わず己の乳房のあたりを腕で覆った。

「それにしても、今まで下男をやっていた男がいきなり伯爵とはなあ。故人のことを悪く言うつもりはないが、前伯爵もまた変わったことをする」

出し抜けに悪意の滲む声が耳を打ち、文子はにわかに我に返る。正章の側から逃れて避難した広間の隅で、聞こえよがしの会話が文子の神経を逆撫でした。

「いやいや、やんごとなき清華家の血筋のお家だ、ほら、徳川《とくがわ》将軍にもいたじゃないか、お犬様を人間よりも敬ったっていうさ」

「ああ、なるほど！　あっはっは、それなら納得だ。犬同然だった奴が華族様になったって、不思議はないわけだ」

見れば、学習院《がくしゅういん》時代の同級生二人、宇津木《うつぎ》と青山《あおやま》である。二人とも取り立てて優秀でもなく、目立って素行が悪いというのでもない、揃って貧相で鈍重でうだつの上がらない青年だ。勉学でも血筋でも文子に敵わなかったお坊ちゃんたちが、ここぞとばかりにずけずけと嫌みを聞かせているのであろう。

文子は俄然《がぜん》攻撃的な心持ちになった。哀れな瑠璃子相手には何も言う気にはならなかったが、元々こんなことを隣で言われて黙っているような性格ではないのである。

「ええ、その通りですわね。運転手と駆け落ちしたあなたのお姉様も、商売女にうつされた梅毒が頭に回って座敷牢行きになったそちらの叔父上も、高貴な血のために突然おかしなことをやってみたくなるんだわ」

すらすらと流れるようにやり返してきた文子に、二人は呆気にとられている。

「そういえば、あなたのお父様も、お抱え運転手が飲酒運転で自動車事故を起こしたんでしたわね。はした金で黙らせようとして、世論にこっぴどく批判されてしまったこと、お気の毒でしたわ。そちらの親戚の方も、困窮してたからって慣れない詐欺《さぎ》なんかをするもんだからすぐに露見してしまいましたわね。私文書偽造で告訴されたんですわね。お可哀想ですわ。私たち特権階級の不倫、放蕩、散財なんかはすぐに民衆の娯楽の種になってしまいますもの、お互いに気をつけなくっちゃいけませんわねえ」

にっこりと微笑んでみせると、男二人は真っ赤になって這々《ほうほう》の体で逃げ出した。文子は呆れた目で二人の背中を見送った。どうせこちらの聞こえないところで、好き放題屈辱に任せて悪口を捲《まく》し立てるのだろう。

あんな弱虫どもに何を言われても、痛くも痒くもない。学習院時代はあんな態度をとらなかったのに、文子が女になったからと言って黙って反論しないようになったとでも思ったのだろうか。

（ああ、くだらない。くだらない。くだらない）

性別が変わっただけで、こんなにも周囲の態度は急変する。文子は元々女だったというのに、肩書きが男だったというだけで、その肩書きがなくなったというだけで、全てが変わってしまったのだ。

くだらない――――けれど、そのくだらないことに最もこだわっていたのは、他でもない自分だったと文子は知っている。

必死に男であろうとしていた。誰よりも男らしく、柳沢家の誇れる次期当主でありたいと切望していた。周囲の男に負けまいと誰よりも勉学に励んだ。生まれつき体が弱いと偽っていたために肌を見せるような授業は免除されていたものの、体つきはなるたけ男に見えるよう、鍛えることも怠らなかった。胸にさらしを巻き、衣服の肩に厚みのある布を縫い付け、どんなに暑い日でも腕まくりすらせず常に体を何かで覆い隠していた。

（あの日々は、今では何の意味もないのだわ）

「文子、どう。楽しんでいて」

珠子が近寄って来て、文子に三鞭酒《シャンパン》を渡す。

「少し顔色がよくないわ。飲んだらどう」

「あまりそういう気分じゃないのだけれど」

「気を紛らわすのにいいわよ。大体、あなたはお着物なんだからダンスだってできやしないでしょう。楽しみと言ったら、飲んだり食べたりお喋りをするくらいじゃないの」

「そうね。お喋りと言っても、私は女学校に行ったわけじゃないからお友達なんかいやしないのだし。そうそう、さっき学習院の顔見知りが下らないことを言っていたから、やっつけてやったわ」

「まあ、文子ったら」

珠子は呆れた様子でじろじろと文子を見た。さすがに気恥ずかしくなって、渡されたグラスを少しだけ舐めてみる。爽快な味わいに喉を潤すと、若干気分が落ち着いたような気がした。

「章子姉様はどこ」

「ご挨拶でお忙しいみたいだわ。今日は歌会《うたかい》のお知り合いがたくさんいらしているのですって。私もさっきまでこの前の茶会《ちゃかい》でご一緒したご夫人方に捕まっていたの。話が長くって……」

「お姉様たちはいつもお忙しそうね」

華族の夫人は暇を持て余して見えて案外忙しい。それは趣味や遊びのように見えて、夫の仕事の付き合いであったり接待であったり、社交という名の義務であることも多い。それに子供が産まれればどこへ出しても恥ずかしくないようにと教育に心を砕く。またそこへ費やす時間も多くなる。章子には娘が二人、珠子には娘が一人。やはり女系の血が色濃く、未だ男児は産まれていない。

それから声をかけてくる顔見知りの者たちに、いちいち珠子は文子のことを紹介した。相手もそれと知っているだろうに、皆判で押したように初めましてと繰り返す。

（そう、これは儀式。一通りこのお決まりの挨拶をかわした後に、ようやく柳沢文子という女が定着する）

こなさなければならない通過儀礼とわかっていても、屈辱に心が荒《すさ》んでいく。恨みたくはない父のことも心の中で罵倒しなければ、どうにもやり過ごせない鬱屈《うっくつ》が溜まっていくのだ。

ようやく大体の客人に挨拶を終え、文子は姉から離れた。給仕に渡された二杯目の三鞭酒をぐいと呷ると、すぐに体中の血管が膨らみ、顔がのぼせたように熱くなった。

（ああ、早く帰りたい。こんな惨めな気持ちをこれ以上抱えたくはない）

紅くなった頬を誰にも見られたくなくて、皆がダンスに興じている広間を抜けて廊下へふらりと出た。人がいなくなっただけで、気温が少し下がったように思える涼しさに、文子は安堵の息をつく。

するど、一人の女中が人目をはばかるように小走りに歩み寄ってくる。不審に思って眉を顰《ひそ》めると、小柄な女はヒソヒソと声を小さくして文子に囁いた。

「文子様。瑠璃子様が、奥のお部屋でお待ちでございます」

「え、瑠璃子様が？」

「はい。内々のお話があるとかで。あちらでございます」

女中は文子の先に立って、突き当たりの部屋の手前まで歩き、手で指し示し、一礼してすぐに広間へと引き返してしまう。

「瑠璃子様が」

文子は何とはなしにぼんやりと呟いたまま、どうするべきかとじっと手元を見つめた。

突然の展開に、すっかり酔いも冷めたようになって、少し肌寒ささえ覚える。

文子は瑠璃子に負い目がある。父から課せられた運命とは言え、女の身で男であると性別を偽り、そうとは知らずにいた瑠璃子に恋心を抱かせてしまった。もしかすると、それは瑠璃子だけではないのかもしれない。男臭いところのない中性的な姿をした柳沢の将来有望な長男を見て、物欲しそうな目で近寄って来た女性は瑠璃子の他にもいくらでもいたのだから。

けれどこうなってしまった今、文子にはどうすることもできない。それはまた、瑠璃子も同様であろう。ただ、今こうして女と露見したことは、彼女にとっては幸せだったのではないかと文子は思っている。もしも正章のような存在が現れず、文子がそのまま爵位を継げば、いずれは形ばかりの妻をもらうことになっただろう。もしかするとそれは瑠璃子だったかもしれぬ。しかしそうすると、貪欲な彼女の肉体は哀れにも放置されることとなってしまうのだ。文人にできることと言えば、他に男を作ってもらい、それを黙認することしかなかったであろう。

（一度、きちんとお話ししておくべきかもしれない）

文子は腹を決め、女中に指し示された部屋へゆっくりと向かった。客人の大半は広間で賑やかに飲み食いをしダンスを踊って楽しんでいる。少しばかり離れたこの回廊は、意外なほどに静まり返っていた。

「瑠璃子様？」

その静寂の中に扉の開く僅かな音と、文子の囁くような声が響く。恐らく客間であろう広い洋室は、卓子《テエブル》の上に置かれた一つの燭台の他に灯りはなく、暗がりの中に薄ぼんやりと調度品が浮かんで見える程度である。

「うっ!」

突然、背後から羽交い締めにされ、口元に手巾《ハンカチ》のような何かを押し当てられた。驚愕に大きく息を吸い込んだ途端、刺激臭のような異様な臭いが鼻を突き抜け、瞬《また》く間に意識が朦朧《もうろう》とし始める。

「おっと!」

ぐらりと傾いだ体を、男の固い腕に支えられる。

「すげえ。よく効くじゃねえか。親父の目を盗んでくすねてきた甲斐があったな」

「おい、さっさとおひいさまを寝台へお連れしようぜ」

「そうだな。ああ、こんな燭台じゃよく見えねえ。洋燈《ランプ》をつけろよ」

文子は混濁した意識の中、男たちの声を聞き、それは先ほどこっぴどくやり込めてやった宇津木と青山であると判じた。普段はお行儀のいい口をきいているのに、興奮のためかまるで賊のような喋り方をする。それがまた板についているのは、取り澄ました顔の裏で色々と遊んでいたからだろう。

お上品な学友たちの一部は、女の数を競うように無邪気に花街に出入りしていた。男にとって女は勲章なのである。しかし、素人《しろうと》であれば婚前の女が男を知ることは瑕《きず》になる。

かつての同級生たちは、文子に軽んじられたことに憤り、文子に瑕をつけるつもりなのだ。

（ああ、失敗した。油断した。これも私が女だからなのか。女だから私はこんなにも愚かなのか）

文子は泥沼に浸かったように不明瞭な頭で、己の軽卒を悔いた。けれど、寝台に横たえられ、男たちにのしかかられても、今や指一本自由に動かすこともできない。

「しかしまあ、本当に来やァがった。下女の一言に騙されるなんざ、所詮は女だな」

「まさか、瑠璃子とは本当にいい仲だったんじゃねぇのか」

「おいおい、女同士でいい仲になんかなれるのかよう。特に瑠璃子の方は、男に抱いてもらわなけりゃァ、一日だってまともじゃいられないじゃねえか」

「あはは、違いねぇや。まあ、こいつが実は男だったたってんなら、瑠璃子も満足だろうがよ」

宇津木と青山はどうやら二人とも瑠璃子と関係があるようだ。恐らく、この屋敷に出入りするほとんどの若い男は瑠璃子と通じているのだろう。近頃子爵が懸命に瑠璃子の嫁ぎ先を探しているのは、これ以上の荒淫《こういん》は娘のためにならぬと焦っているためなのではないか。一刻も早く体のいい旦那を見つけ子供でももうければ落ち着くと思っているのかもしれない。しかしそんなことにはならないだろうと瑠璃子を知る誰もが考えているに違いなかった。第一、先に亡くなった瑠璃子の母親というのが、これもまた淫婦そのものの女だったからである。

「しかしまあ、こうやって見てみると、なるほど女だな。綺麗な顔をしていやァがる」

洋燈《ランプ》を傍らに置いて、宇津木と青山はためつすがめつ文子の顔を眺めている。

「こいつが本当に女かどうか、確かめてみようぜ」

男たちは浮わついた声で上機嫌に捲し立てながら、文子の着物の帯を解き、着物の前をはだけ、襦袢《じゅばん》を剝いでいく。露になった文子の肌に、二人はごくりと大きな音を立てて生唾を飲んだ。

それは女遊びで鳴らした彼らも見たことのない肉体だった。美しく均整のとれた体つきである。女にしては鍛えられた伸びやかな四肢が、今にも躍動しそうな溌剌《はつらつ》とした精悍《せいかん》さを表し横たわっている。日本人にしては寸の詰まった胴体とすんなりと伸びたまっすぐな脚は健康的で、乗馬で鍛えた腰は蜂のようにきゅっとくびれて艶かしい。少しでも男らしく見えるようにと鍛錬《たんれん》を重ねた文子の体は、まるで彫刻のように整って、少しも無駄なところのない作り物めいた美しさを備えていたのである。

何よりも彼らの視線を奪ったのは、仰向けになっているにもかかわらず形の崩れないむっちりとした豊かな乳房であった。張りのある瑞々しいきめ細やかな皮膚は、洋燈の仄赤《ほのあか》い光を受けて乳白色に輝いている。つんと上を向いた紅梅色の乳首は、冷えた空気に触れたためか僅かにしこって形を成していた。

「なんだァ、こいつ、こんなお宝隠してやがったのか」

「瑠璃子よりも立派なもん持ってんじゃねぇか」

しばらく言葉を失っていた男たちは、その動揺を恥じたように上ずった声で捲し立て始める。

「フン、こいつもどうせただの女ってことだ。おい、文子さんよ。よくも俺たちのことを馬鹿にしてくれたな」

「女のくせに、今まで平気な顔で騙しやがって。思い知らせてやろうじゃねえか」

男たちが何か口汚く罵っているが、文子にはもうほとんど聞こえていない。乾いた手が乱暴に乳房を揉み、乳首をこね、全身を這い回って、下肢を指で探られる感触があった。

「文子さん!」

突如、大きな音を立てて扉が開いた。同時に叫ばれた声に、文子は絶望した。

(また、あの男。あの野蛮な男。あいつは私の最も見られたくない場面にいつも現れる)

男たちは慌てて文子の上から退き逃げようとするのを、容赦のない正章の拳に殴り飛ばされ卓子や椅子もろとも転がった。激しい音が止んだと思ったらすぐに側へ駆け寄ってき

て、文子の姿にしばし絶句している。

後から入ってきた姉たちの声にはっとしたように、正章は慌てて文子の着物の前を合わせた。

「文子！　文子、大丈夫」

「申し訳ございません、どうか、どうかお許しを」

遠くで哀れっぽい声で許しを請う女の声がする。先ほどの女中だろう。

どうやら、宇津木たちに文子を誘い出すように言われたことを正章たちに話したか、もしくは怪しげな様子を訝《いぶか》られ詰問され白状したか、とにかく彼女の暴露のためにことが発覚したものらしい。

文子に女を責める心はなかった。それよりも己の不甲斐なさに憤っていた。しかし、にわかに騒然とした部屋の中で、文子は何も状況を説明できずにただ横たわっていた。おかしな薬を嗅がされた直後では、薄くまぶたを持ち上げるので精一杯だったのである。

「帰りましょう、文子さん」

正章の熱い手が、おざなりに文子の帯を締め直した。その手を払いのけたい一心で、苦心して震える指を蠢《うごめ》かすと、正章は何を勘違いしたのか、大きな手で文子の細い指を力強く握りしめた。

＊＊＊

「まさかこんなことが起こるだなんて！　正章さん、あなたの責任ですよ」

ひとまず一緒に柳沢家へ戻った姉たちだが、特に珠子は怒り心頭だった。章子はハラハラとした様子で成り行きを見守っている。文子はようやく薬の影響も抜けてきたところだが、まだ姿勢をしっかりと保つことができず、不本意ながらも正章の肩に寄りかかっているような状態だった。ここのところあまり具合の芳《かんば》しくない母の松子は自室で眠っている。

夜も深くなった頃に帰宅して、このような衝撃的な騒動があったとわざわざ報告する必要もないと、兄妹たちは応接間に集まって文子の身の上に起こった事件について議論を戦わせていた。

「あなたが文子から目を離さなければ、こんなことにはならなかったんだわ。今夜のような大事なときに、まさかこんな事件を起こされるだなんて！」

「でも、珠子。それは私たちだって同じだわ。今夜は、皆で文子を守ろうと決めていたのに」

「だけど、姉様！　この人ったら、文子を放ったらかしにして、何をしていたかご存知？

姉様はご挨拶で忙しいし、私だって文子の側について皆様にご紹介申し上げていたけれど、そうずっとくっついているわけにもいかないわ。それが、この人ったらそこら中の娘たちとクルクルと独楽《こま》のように踊ってばかり！　まるであの夜会の客人をもてなす芸妓《げいぎ》と同じだわ。清華家の血を引く伯爵が聞いて呆れる、下等な幇間《ほうかん》のようなものだわ！」

「もういいの、珠子姉様」

珠子の烈火の如き怒りを、文子はろれつの回らない口で鎮めようと試みる。

「みんな、私が悪いんです。あんな奴らを、挑発したのがいけなかったわ。まさか、あんな風に復讐されるとは思っていなかったけれど――でも、私は平気。その、着物を脱がされてすぐに、お兄様が助けに来て下さいましたから」

「文子！　あなたがそんなことを言うなんて」

珠子は堪えきれなくなったように、章子にしがみついておいおいと泣き始めた。それを慰める章子の目にも満々と涙が浮かんでいる。

（ああ、私はそんなにも哀れな存在なのか）

姉たちの嘆きぶりを見て、まるで他人事のように文子は認識した。確かに、ずっと男であることを強いられ、突然の男子の出現によって今度は女に戻れと命じられ、そして女の姿で初めて顔を出した夜会では、かつての同級生に襲われて――。

それは客観的に眺めてみれば、なるほどあまりにも不憫《ふびん》な展開だろう。悲劇と呼ぶに相応《ふさわ》しい。けれど、文子の心は未だに男の矜持を捨てきれずにいる。己の悲運を嘆く言動など女々しくてとてもできない。ただ、自分の落ち度だったのだ、と己の迂闊さを悔いるのみである。

「文子、あなたはもう柳沢家の娘として夜会になんか出なくったっていいわ。特に鹿野子爵のお屋敷のことは絶対にお断りしましょう。そして、早くいいところへ縁付いてしまいなさい。あなたはもうこんな家に囚われている必要などないんだもの」

珠子の憤りに圧倒されていた章子も、涙に濡れた目を上げ、毅然とした態度で文子と正章とを交互に見つめた。珠子もようやく落ち着き、真っ赤に泣きはらした目を手巾《ハンカチ》で拭いながら立ち上がる。

「そうよ。私たち、なるたけいいお話をたくさん持ってきますからね。これまで犠牲にして来た人生の幸福を、女の幸せを、あなたは享受する権利があるんだわ」

「――――女の幸せ」

珠子の言葉を無意識の内に反芻する。

「女の幸せって、何ですの。お姉様たちのように、家柄のいい物持ちの方と結婚して、子供を産むことが、幸せなんですの」

「その他に何があると言うの」

珠子は驚いた顔をして、戸惑ったように章子と視線をかわした。そうして、何かを得心したように表情を変えて、

「ああ、そうよね。文子は男だった頃が長いんだもの。女のことはわからないわね。いいのよ、これからゆっくりと知っていけばいいの」

と、文子を慰めた。

またもや、自分は姉に慰められている。完璧であろうと常に心がけて来たこの身は、何不自由なく暮らし、女の幸せとやらを享受してきた姉たちに大きく劣るものであったのだ。

(私は、男にはなれなかった。けれど、女にもなれていない)

それなのに、あの卑しい男どもは、体ばかりが正常な女である自分を蹂躙《じゅうりん》し手込めにし懲らしめようとした。万が一本当に疵物《きずもの》にされてしまったとて、彼らの想像するような女の屈辱など、自分は覚えることもなかっただろうに。

「本当に、申し訳ありません。何の申し開きもできません。全ては私の責任ですから」

それまで沈黙し、ただ珠子の罵倒を受けるだけだった正章がようやく口を開いた。

「これから文子さんは夜会には出しません。私も、なるべく早くいいご縁が見つかるよう、力を尽くすことにいたします」

「当然だわ。それが当主の役目なんですから」

正章の声を聞いて再び怒りがぶり返したのか、珠子は刺々しい声を張り上げた。それとは打って変わって優しい声で、文子の方へ向き直る。

「さ、文子。お風呂を頂いて、すぐに眠っておしまいなさいな。なんなら、珠子姉様が添い寝してあげましょうか」

「そんな、珠子姉様、文子はもう子供じゃないんですのよ」

「私も一緒になって、三人で寝ましょうか？　おほほ、特注の寝台が必要ね」

姉たちの気遣いに、文子は明るく笑ってみせた。内心、何とも言えないちぐはぐな、名状しがたい姉たちとの感情の行き違いに、心は鉛色の迷路にさまよっている。

(あんなことは何でもない、お前が軟弱だったのだ、強く気を持て、あんな連中に負けるんじゃない、と、そう叱咤《しった》してくれた方が、ずっと気が楽なのに)

ああ、女とは、本当に疲れる。優しくされて、気を遣われて、ちょっとでも男に触れられようものなら、まるで少し押せばすぐに腐ってしまう桃のような扱いで、こんな風に大騒ぎをされてしまうのだから。

この場でいちばんの被害者だというのに、最も冷めた目でこの夜の狂乱を眺めている己が何者であるのか、文子自身にもよくわかっていなかった。ただ、姉たちの嘆きが不快だった。がっしりと肩を抱く正章の熱い体温が、不快だった。

正章は言葉少なだったけれど、その身の内に烈しい憤怒《ふんぬ》の炎が燃えていることを、文子は知っていた。

文子と正章はかつてただの主従ではなかった。正章は文子の秘密を知り、文子にひどく執着していた。けれど、正章が己の出自を告白し伯爵の座に収まったことで、以前から嫌悪していた正章への感情が更に怪しく揺らいだのだ。

（この男は、私と腹違いの兄妹であることを知っていた。それだのに――）

思い返すだけで、文子は覚えず身震いする。おぞましい事実を物ともせず、相も変わらず男は文子への好意を隠さない。

文子は正章を憎んでいた。正章も文子を憎んでいるだろう。そのもつれた感情の糸は何色と定められないほどに絡み合い、複雑な色合いを成していた。

文子は男だった。けれど、唯一正章に対するときだけは、女であった。

正章と兄妹であると知ったときから、文子には隠さなくてはいけない秘密が増えてしまったのである。

下克上

それは四年前の夏のこと。丁度《ちょうど》大戦が勃発し、世間が慌ただしく蠢《うごめ》いている時期である。その頃、正章《まさあき》が柳沢《やなぎさわ》家に奉公を始めて一年が経っていた。

女中たちは皆正章に夢中だった。どこにいても自然と目立ってしまうような男ぶりであるので、それは自然なこととも言えたが、文人《あやと》はすっかり正章を女たらしの不真面目な奴と決めつけて軽蔑していた。正章は女たちの好意を知っていたが、誰の気持ちをも受け取らなかった。それは己の美しさを知っている者の傲岸さとも取れた。自分を見る目にもどこにも遠慮がなく、無礼な男に思えていた。加えて、その人並みはずれて精悍《せいかん》な体つきが殊更《ことさら》生臭くいやらしく思えて、文人は正章が視界に入る度に、汚らわしいものを見たように感じて目を逸らした。

文人は潔癖だった。性的なことに関しては、ひどく神経質な年頃だった。正章は二十一。文人は十三。文人は思春期の盛りであり、また二年前に初潮を迎えており、心と体の均衡が大きく崩れている頃でもあった。今まではさほど男の子と大差のなかった体が変化を見せ始め、文人は困惑していたのである。乳房が膨らみ、腰がくびれ、尻や太ももに豊かな肉がつき始めた。これをなんとか食い止めんと、文人は日々の学業に加え、厳しい鍛錬《たんれん》に励んだ。それはいっそ何かに憑かれたような熱狂ぶりで、厳格な父ですらもう少し休みなさいと注意したほどだった。

そんな折の出来事だった。学校から帰って来た文人は、自室にたどり着く一歩手前の階段で倒れた。

「文人様！」

偶然近くにおり、倒れた文人を支えたのは正章であった。そのとき、周囲に他の使用人はいなかった。

文人の意識は朦朧《もうろう》としていた。正章はその細い体を逞しい腕に軽々と抱えて文人の部屋へと運び、寝台へと横たえた。次に文人が覚醒したとき、正章は洋杯《コップ》に水を汲み文人に含ませようとしていた。肩を抱きかかえられ半身を起こした状態で、思いがけず近くに正章の顔があったことに、そのときは驚かなかった。それよりもずっと、倦怠感による体の重みが煩《わずら》わしかったのである。

「僕は、倒れたのか」

「はい。階段の前で」

お医者様を呼びますか、という正章の問いに、文人は緩く首を横に振った。自分でも原因はわかっていた。ただの睡眠不足と過労である。ここのところ、文人は常に何かに打ち込んでいなければおかしくなってしまいそうだった。何かを考える時間などがあってはいけなかった。限界まで体と頭を酷使して、倒れるように眠りにつく毎日を送らなければならなかったのである。

水を飲んで人心地ついた直後、文人は己の格好の変化に気づいてぎくりとした。袴《はかま》の腰紐は緩められ、胸元も大きく開いていた。それは病人の体を少しでも楽にしようという、正章の文人に対する気遣いであったのだが、この場合、それは重大な意味を持っていたのだ。文人のこれまでの若い人生で、最大の過失であった。

急激に成長を見せ始めた乳房が、さらしに押さえつけられ深い谷間を見せている。前後不覚の間に胸元をくつろげられたために、文人には正章の行為を制止する術がなかった。

文人はたちまち顔面蒼白になって正章を凝視した。正章の目には何かの感情がかげろい、長い睫毛《まつげ》が小さく震えた。

「誰にも言いません」

そのとき、自分がどんな顔をしてしまったのか、文人にはわからない。その表情が男の心に火をつけてしまったのだろうか。

次の瞬間には、文人は烈《はげ》しく口を吸われていた。無論、接吻など初めての経験で、その瞬間は、自分が何をされているのか理解できなかった。忙《せわ》しない鼻息が頬に吹きかけられていた。乾いた土の匂いがした。ぬるりと濡れたものの入り込む感触に、肌が一斉に粟立《あわだ》った。

「やめろ！　無礼者！」

文人は渾身の力で正章の胸を押し返した。そして、その熱さに、固さに、はっとしたように、前をかき合わせて寝台の上で後ずさった。

「これから僕に指一本触れるな」

正章の唇が濡れて光っている。瞳は熱っぽい光を帯びまっすぐに文人を見つめている。

文人はかっと全身がのぼせたように熱くなり、目を逸らし唇を噛んだ。

（なんてことだ。なんてことだ）

こんな野蛮な男に、下賤《げせん》な男に、こんな大きな秘密を知られてしまうなんて。

「申し訳、ありませんでした」

正章はもぐもぐと口の中で呟くような不明瞭な声で詫びると、のろのろと部屋を出て行った。扉が閉まると同時に、文人は敷布に顔を埋め、嗚咽《おえつ》した。どうすればいいのだろうか。父に報告するべきか。いや、こんな大失態を知られるわけにはいかない。けれど、あの男が先ほどの言葉を本当に守ってくれるのかどうか。

もしも正章がベラベラと文人の秘密を喋れば、自分はもうおしまいである。父に何度も固く言い含められてきた、決して女ということを知られてはならないという、もはや己にとって絶対の法律であるこの掟を破ってしまったのだ。父にそうと知られれば、自分の身にどんな不幸が降り掛かるのか、文人には想像もできなかった。

文人は絶望しながらも、観念していた。軽薄で不誠実であるあの男が、小さな主の秘密を守ってくれるなどとは、到底思えなかったからだ。

けれど、文人の予想に反して、正章は何も言わなかった。ただ、これまでとは違う目で文人を見つめ続けた。その視線の熱さに、文人は震えた。正章の目を見る度に、あの突然の口吸いの熱さ、固い肌、その男臭い体臭をまざまざと思い返した。肉体労働の最中、太陽の下で半裸の逞しい褐色の肉体に幾つもの汗の粒が浮いているのを見ると、正章の発していたあの濃厚な雄の気配を思い起こして、頬に血の気が上った。

正章が本当に秘密を漏らすつもりはないとわかると、恐怖が侮蔑に変わるのに時間はかからなかった。文人は露骨に正章をいじめ始めた。難癖をつけては足蹴《あしげ》にし、無理難題を言いつけて困らせた。今まで使用人にそんな仕打ちをすることのなかった文人に周囲はその変化を訝《いぶか》ったが、微妙な年頃の気まぐれであろうと判断されたのか、また甘んじて屈辱を受けている正章の姿に慣れてしまったのか、誰も何も言わなくなった。

けれど、文人は知っていた。正章が文人に踏みつけられながら、密かな優越を感じていたことを。主人の理不尽な折檻《せっかん》を、憎むどころか愉しんでいたことを。

＊＊＊

ある日の午後、文人はわざとチョコレエトを自室の床にこぼし、正章を呼びつけて舐めろと言った。正章ははたして無言のまま床に這いつくばった。その大きな逞しい背中に、何とも言えぬ快さが文人の背筋を駆け上った。

見事な隆々とした筋肉に覆われた精悍な体つき。逞しい筋肉の束。太い首に広い肩、引き締まった腰と臀部に、堂々とした長い脚。全て、男性的だった。文人の目指す肉体を、この下賤な男は持っていた。そしてよりによってそんな男に、自分が女であるということを知られてしまった口惜しさは、自分でも名状しがたいほどに屈辱的なものであった。

「汚れたところを全て舐めろ。全てだ」

文人は椅子に座ったまま、草履《ぞうり》をはいたままの足で正章の頭を踏みつけた。ぴちゃぴちゃと床を舐める音が響く。文人は意味もなく高笑いしたいような発作に捕われた。

「甘いだろう。美味《うま》いか」

冷酷に言い放ち、足に力を込めた。すると次の瞬間、男の手が文人の足首を摑んだ。ぎくりとして足を引き抜こうとした刹那《せつな》、男の唇が足の甲に押し付けられる。

「な、なにを」

「ここにも、チョコレヱトがついていらっしゃいます」

そう言いながら、正章は文人の指をしゃぶった。文人は絶句し、抵抗を忘れた。もちろん、そんな場所にチョコレヱトなど飛んでいない。それなのに、なぜこの男は自らこんな汚らしいことをするのだろう。文人が混乱している間にも、男はぺろぺろと白いふくらはぎを舐め、丸い膝頭を味わい、どんどん袴の裾を上げて太ももの方まで到達しようとしている。

奇妙な興奮に、文人は息を弾ませた。夏の盛りを過ぎたとはいえ袴の中は汗の蒸れたにおいがこもっているはず。皮膚も塩辛いに違いない。それを自ら進んで舐めている正章の行為が、文人には理解できなかった。

次第に文人には男が犬かなにかの動物に思えてきた。犬の舐めるに任せている内に、文人は羞恥もたしなみも忘れ、恍惚にのぼせ始めた。力が抜け、脚はだんだんと開いていった。

男の頭はとうとう右の太ももの付け根にまで迫っていた。すでに片脚は袴が捲《まく》れ上がって丸裸の状態である。日に当たっていないその部分は目を射るほどに白かった。文人は大きく胸を上下させた。快さと興奮に天井を仰いだ。次の瞬間、下帯が避けられ、誰にも見せたことも触れさせたこともない秘部が、空気に晒された。

「はあっ」

荒い息がかかったと思った直後、そろりと秘裂の狭間を舌のなぞる感触がした。文人は鮮烈な感覚に大きく息を吐いた。視界の隅に入った男の頭が震えたような気がした。

「こんなに濡れて。綺麗にして差し上げなければ」

上ずった声に、僅かに現実に返る。

（濡れる？　何のことだろう）

ふと浮かんだその疑問を咀嚼《そしゃく》する間もなく、今度は大胆に男の唇が玉門へ吸い付いてきた。

「ううっ！　あ、あ」

思わず文人は呻いた。ぴちゃぴちゃと濡れた音が耳を弄する。巧みに動く舌が微細な襞のひとつひとつを這い回る。奇怪な快感に、文人は狼狽した。思わず下方を凝視すると、大きく開いた脚の間に正章の黒い頭があり、ぴったりと文人の陰部に吸い付いている。初めて直視したその淫らな光景に、文人の頬は燃えるように熱くなった。

「もう、いい、離れなさいっ」

文人は弱々しく首を振る。しかし男はその命令を、聞こえない振りをした。それどころか両脚を抱え込み、より一層開かせ、より奥深くまで舌を埋没させ、そこを味わった。もうたまらないと腰を捩《よじ》ると、男の舌がぞろりとどこか繊細な場所を舐め上げた。

「あっ！」

文人は高い声を上げて硬直した。今までの曖昧《あいまい》な快さとは種類の違う、明確で鋭い快感だった。男はそこを集中的にいたぶり始めた。しつこく舌先で跳ね上げたり、すっぽりと唇で覆いきつく吸い上げたりした。文人は生まれて初めての甘美な官能に驚愕し、我を忘れた。全身にしっとりと汗を滲ませ、腰を揺すり、仰《あお》のいて喉を震わせた。

（何なのだろう、これは。追い上げられていく。ああ、もう少しでどうにかなってしまう）

文人の四肢は強張り、口を開けたまま荒い息を吐き、動けなくなった。男の肉厚な舌は押しつぶすように強《したた》かにそこをれろれろと舐め上げ、舌の腹で擦り立てた。

肌が汗を噴く。火照った頰が引きつる。舌は何かを求めて蠢きわななく。文人は理知的な何もかもをかなぐり捨て、今自分はこの男と同じ動物になっているのだと感じた。脚を大きく開き秘部を男に舐め回され、うねる快感を持て余し甘い甘い陶酔に呑み込まれていく。

ああ、もうすぐ。もうすぐ。もうすぐ。

（いけない、ああ、いけないっ）

とうとう、文人は声もなく凍りつき、激しく痙攣した。

初めての絶頂だった。視界に淡い靄《もや》がかかり、頭が真っ白になった。

夕闇の赤い光に包まれた部屋の中で、少女は自分が何かから脱したのを感じた。今まで住んでいた曖昧な色の世界を包み込んでいた、優しい薄い膜に亀裂が入り、そこが花びらのように捲れ上がり、外に今まで見たこともないような直接的な色をした世界が広がるのを見た。

文人は強い硬直の後、ぐったりと弛緩《しかん》した。目を人形のように見開いたまま、新しい世界の天井を見上げていた。

「ああ、すごい。ああ、文人様。こんなに」

正章はうわごとのように呟きながら、狭間からとろとろと溢れる何かを美味そうにじゅるじゅると啜った。

下腹部が熱い。腹の奥がうねっている。体に力が入らず、文人はまるで己が何か水母《くらげ》のような柔らかな生き物に変じてしまったような心地がした。

(今のは、一体何なのだろう)

束の間何かの幻を見て呆然としていた文人は、気づけば目の前に正章の顔があるのにどきりとした。長い睫毛に縁取られた奥まった目が濡れている。浅黒い頬は赤く染まっていた。

「好きです、文人様」

そう囁《ささや》かれ口を吸われた刹那、突如烈《はげ》しい感情が心を鷲摑みにし、文人は激昂した。

「離れろ!」

発作的に正章の胸を突くと、不意打ちだったのか、男は大きな体でどすんという重い音と共に無様に転がった。

文人の豹変に啞然とした表情は、キョトンとしてひどく間が抜けていた。どこかに顔をぶつけたと見えて、頬に鼻血が流れている。正章は後ろに手をつき脚を開いた状態で呆然としていたが、その袴の中央が大きく膨れているのを見て、文人は途方もない嫌悪に体を震わせた。

「出ていけ！！」

文人の叫びに、ぼんやりとしていた正章の目に憤怒《ふんぬ》の色が浮かぶ。その凶暴な気配に、文人の背を悪寒《おかん》が走った。

(男だ。この野蛮な動物は、男なのだ)

自分がならなければいけないもの。こうあらねばならないもの。女を欲し、隙あらば食らわんとするもの。欲望と、興奮と、憤怒と、支配と。それにもかかわらず、好きなどと軟弱な言葉を吐き、己の浪漫に酔い痴れる愚かな生き物。

「ご無礼を、いたしました」

正章は怒りを押し殺したような声で、のっそりと立ち上がり、部屋を出て行った。

文人は片脚の袴を捲り上げられた体勢そのままに、部屋が闇色に染まっていくのを待った。細い指先を股間の裂け目に沿わせると、そこはすでに乾いていて、心もとない柔らかな感触で文人の指にまとわりついた。文人は無感情のままにその形状をなぞった。先ほどの異様な興奮はなんだったのか。固く冷えた心は、もう何の感慨も覚えることはなかった。

それから文人の正章に対する蹂躙《じゅうりん》はますますひどくなった。元々この男の存在を好ましく思っていなかった古参の下男たちを手下に使い、正章を散々に辱めた。

ある日、文人の手拭《てぬぐい》を正章が盗んだのではという容疑で、正章は下男たちによって引っ立てられ、文人の命令で厩《うまや》へ連れて行かれ、その場で着物を脱がされた。この厩は先代以前に、馬車に乗っていた頃にそのための馬を飼っていたもので、今は自動車を使うことが多くなったために馬もおらずただの物置小屋と化している。長い間手入れのされていない厩は埃《ほこり》っぽく、隅にはたくさんの乾草《ほしくさ》が積み上げてあった。天井には鳥の巣の痕跡があり、四方に蜘蛛の巣が張っている。

「あっ！　見て下さい、若様！　やっぱりこいつが下手人だ」

まんまと懐から文人の手拭が落ちたのを発見され、正章は褌《ふんどし》一丁でそのまま荒縄で縛り付けられた。普段から女たちの好意を一身に受け、姿形も人並みはずれて雄々しく美しい正章が、こんな惨めな格好で華奢《きゃしゃ》な主の前に項垂《うなだ》れている光景は、下男たちの心を大いにくすぐった。

「若様のものを盗むたァとんでもねぇ野郎だ」

「おい、お前、一体どういうつもりだったんだ。こんなとんでもねぇことしやァがって！」

縛られて身動きの取れぬ体を小突き回されるのを、文人は手拭を手にしたまま傍観した。

この手拭は恐らく下男たちがこっそりと正章の帯の下にでも入れたものであろう。あいつの態度が常日頃から気に入らないから身の程を思い知らせてやれとこの男どもに言ったのは自分だが、己の私物を持ち出されることはあまり気分のいいものではなかった。

「お前はなぜ僕のものを盗んだ」

文人は乗馬用の鞭を手に取り、手の平で軽くしならせた。正章はそれを恐れる素振りすら見せず、ただ暗い目で文人を見つめた。

「申し訳ありません。干されているときに、偶然落ちてしまったらしいものを拾い上げて、戻そうと思ったのですが――そのまま、つい」

文人は目を見開いた。下男たちはニヤニヤとしたいやらしい目つきで正章を見下ろしている。

(この男は、本当に僕のものを盗んだのだ)

いつも何かしらの罠にかけたとしても、正章はやっていないと言うばかりで、それを白状させるために下男に痛めつけさせるのがお決まりになっていた。それが、今回は自ら罪を告白したのだ。

文人はおぞましさに震え上がった。顔色は真っ青になった後、急激に込み上げた憤りのために真っ赤になった。

常に超然とした様子の歳若い主の激情に悶える表情を見て、下男たちも不安げな色を浮かべ始める。常に下男に命令して自分は手を下さず、ただ腕組みをして冷静に正章が虐《しいた》げられるのを見物していた主人が、今は自ら獲物に躍りかからん勢いなのである。

文人はこの男たちの前でヒステリイを起こすまいと、理性を奮い、かろうじて平常心を保っていた。

「お前たちはもういい。下がれ」

体温をなくした声に命令され、男たちは怯えるように厩を去った。バタバタと遠ざかって行く足音を聞きながら、文人は震える腕で鞭を振り上げた。

「この、畜生が！」

強かに打ち下ろすと、逞しい筋肉の盛り上がった褐色の肩に、一条の赤い線が走った。男は目を細めただけで、うめき声も漏らさない。そのふてぶてしい様子に、文人の頭は煮えるように熱くなった。

「貴様など、男ではない！　女ですらない！　下等な、地べたを這いずるのがお似合いの、卑しい畜生だ!!」

気が狂ったように鞭を振るった。空気を切り裂く鋭い音が何度も響き、瑞々しい肉を打つ張りのある音が何度も跳ね上がった。男は無言を貫いている。なめし革のような光沢のある肌には汗が浮き、縄に締め付けられた希臘《ギリシヤ》彫刻のような見事な筋肉は、苦痛に硬直し、蠢き、えも言われぬ艶かしいうねりを見せていた。

（この男が、なぜ僕のものを盗んだのか。それをどうするつもりだったのか）

それを想像するだけで、文人は全身を掻き毟《むし》りたいほどの衝動に身震いした。男は文人に幾度も打ち据えられて荒い息に全身を揺すりながらも、最初と変わらぬ暗くどろりとした熱を帯びた目でじっと主を見つめている。

ふと見下ろした男の股間に著しい変化を見つけて、文人はヒッと息を吸い込んだ。これだけ痛めつけたのにも拘らず、そこは隆々と膨らみ、褌の下で獣のように息づいていたのである。

文人は烈しい屈辱に打ち震えた。この男は、文人が「女である」と知っているから――女に鞭打たれていることに、その場面に欲情したのだ。女という性別そのものに、この男の雄は屹立しているのだ。縛られ、身動きもとれず、ただ苦痛を加えられるだけの状況なのにも拘らず、この男は未だ己の性別を誇っているのだ。

「き、貴様の、貴様のような者が、男などと!!」

嫌悪にぶるぶると震える手で、文人はそこを打擲《ちようちやく》した。男は初めてくぐもったうめき声を漏らし、明らかな苦悶に顔を引きつらせた。その表情の変化に文人の全身を歓喜が突き抜け、憑かれたように立て続けにそこへ鞭を打ち下ろした。

「うああっ」

男は転げ回り、悲鳴を上げて痙攣《けいれん》した。厩に尿の臭気が満ち、震える男の股間に黄金色の液体が迸《ほとばし》った。

文人は、半ば気を失ったようにぐったりとして失禁した男を、息を弾ませて眺めた。腕の筋肉が、疲労のために引き攣っていた。見事に整った男の精悍な肉体は、このような有様になっても誇り高く、そして美しかった。

(こんな崇高な容《い》れ物に入っている魂が、こんなにも薄汚いものだとは)

いっそのことそれを切り離して、この体だけを自分のものにできるのならば、と文人は口惜しさに歯噛みした。そしてこんな下賎な男の肉体に強い憧憬を持っている己を許せなかった。

文人は男を放置して厩を出た。裏庭を抜け邸へ戻ると、おどおどとした下男が卑屈な顔で文人の命令を待っていた。「明日まで放っておけ」と命じ、文人は部屋へ戻り、いつものように、何事もなかったかのように勉学に励んだ。

しかし日が暮れ始めると、にわかに男の様子が気になってきた。夕食の前に様子を見に行こうと再び厩へ足を向けると、入り口にあの下男が佇《たたず》み、息を殺して中の様子を窺《うかが》っている。

「おい、何をしている」

文人の声に下男は飛び上がり、真っ赤な顔で主を怖々と見た。その涎《よだれ》の垂れそうなだらしのない顔を不審に思った瞬間、中から聞こえてくる悲鳴のような女の声に気づき、文人は立ちすくんだ。いいよぅ、いいよぅ、あぁ、すごい、こんなに奥まで、あぁ、死んじまうよぅ、と喘ぐ女の声に混じり、やめろ、やめろと呻くあの男の声。薄闇の中に、乾草の山の上に縛られたままの正章の体があった。その腰の上に、女が髪を振り乱して体を揺らしている。

文人は急激に込み上げた吐き気に、堪え切れずその場から逃げ出した。あの男が女に犯されていた。縛られたままなのをいいことに、普段相手にされていない腹いせに陵辱したのだろうか。確かあの女は美人と評判で歌も上手く、夜会で酔った客人に、前の年に流行した松井須磨子《まついすまこ》のカチューシャの歌を歌わされているのを見たことがあった。伯爵の覚えも目出たく、お手つきになったこともあるのではとの噂もある女である。

(汚らわしい、汚らわしい、汚らわしい)

男を犯したあの女よりも、男のくせに女に犯されたあの男が許せない。やめろと拒絶の言葉を漏らしながら、あの獣の場所は女を悦ばせるほど十分な形を成していたのだ。男とは、なんと脆《もろ》く浅ましいのか。嫌悪の目眩《めまい》に、文人は自室に辿り着くなり膝を折り、止まらぬ冷や汗を必死で拭った。

その晩は夕食も口にできず、すぐに寝台に潜り込んだ。浅い眠りの中ではあの男が女と動物のような体勢で交わっていた。そんな汚らわしい行為をしているにも拘らず、女を抱くあの男は美しく、堂々としていた。埃っぽい厩の乾草のにおいに、あの男の雄の体臭が混じり合い、よがる女はいつしか己の姿に変じていた。

翌日、女は厩での件を見られていたことを下男に教えられたのか、媚《こび》を浮かべた表情で文人に微笑みかけた。それからも数日間、女は文人につきまとった。何のつもりかと訝っていると、ある日女は大きな乳房を文人の腕に押し付けながら、甘く囁いた。

「若様も、ご興味のあるお年頃なんですのね。あたしでよかったら、いつでも」

文人は女の勘違いと出過ぎた行動に、顔から火が出るかと思うほどの羞恥に震えた。あの場を覗き見たのは性的な好奇心だと思われていたのだ。

(この女の目には、僕が、あの浅ましい男と同じようなものに見えているのか)

文人は己が汚されたという思いに、大きな屈辱を覚えた。男とは、女の目から見れば誰もが女を欲しがるものと思っているのか。この下女は自分が美しいという自覚を持っていて、誘えば誰もが喜ぶだろうと思っているのか。男のことなど何もかも知り抜いているという、自信に満ちた女の眼差し。若い男を手玉に取ることなど造作もないという、少年へのある種の軽蔑。それらは、文人をひどく苦しめた。

文人に著しい打撃を与えた女は、文人が何の反応も見せずにいるとあっさりと飽きてしまったのか、再び正章を追いかけ始めたが、想いを遂げられることはなかったようだった。それからほどなくして彼女は某男爵のお手つきになり、子を孕《はら》み、その何人目かの妾《めかけ》の座に収まった。

「あの女に誘われていたんですって？」

自室で足下に跪《ひざまず》かせ、爪を切らせていた男がふいに気安い口調になった。

「一度試してみればよかったのではないですか。俺よりもよほど上手いかもしれませんよ」

文人は無表情のまま男の股間を蹴り上げた。男は苦悶のうめき声を上げたが、その声はあの厩で女に犯されていた夜の喘ぎに似ていて、文人はぞっとして震え上がった。

＊＊＊

文子《あやこ》は目を覚ました。

懐かしい夢を見た。恐らく昨日の事件のせいだろう。

寝台から下り、卓子《テエブル》の上にある水差しから洋杯《コップ》に注ぎ、一杯の水を一息に飲み干した。爽やかな目覚めとは言いがたい。夢見が悪過ぎる。

窓の外を見れば、もう随分と日が高く昇っている。時計を見ると昼過ぎである。ドンの音にも気づかなかった。恐らく姉たちはとっくに各々の邸へ帰っているのだろう。

そのとき、扉の外に人の気配が近づき、遠慮がちにノックされた。

「おひいさま。お目覚めでございますか」

「ええ、今起きたわ」

「実は、お客様がおいでになっているのですけれど」

「え、どなた」

「鹿野瑠璃子《かのるりこ》様でございます」

目覚めたばかりのぼんやりとした頭が、にわかに覚醒する。思わず、昨夜の罠を思い出すが、今度こそ本物だろう。

「瑠璃子様が」

「どうなさいますか。ご準備が整うまでお待ち頂きますか。それとも、お日にちを改めてまた後日に」

「いいえ、いいわ。急いで支度をするから、入って。着替えを手伝って頂戴」

　昨夜の事件は、柳沢家の体面を保つため、内々の話で片付けることになっている。宇津《うつ》木《ぎ》らの企みの片棒を担いだ女中の沙汰は鹿野家に任せ、謝罪などの細々としたことは一切無用であると、家長である正章が鹿野子爵に直々に申し入れ、それを先方も受け入れたはずであった。

　だから、瑠璃子の訪問の理由が昨夜のことであるはずはない。無論、謝罪は不要と言っても言葉のままに何もせずにいるということは子爵側にとって具合が悪いであろうし、子爵本人ではなく娘の訪問という選択も、十分に鹿野家の配慮を感じ取れるものではあった。

　文子は手早く支度を終えて階下に下りた。薄紫の着物に白地の帯を締めていそいそと応接間へ向かう。

「お待たせして申し訳ありません」

　瑠璃子は長椅子に座って、静かにお茶を飲んでいた。春らしい若草色の着物を着て、いつもながらに華やかな微笑みをその丸い頬に浮かべている。

「いえ、いいのよ。あたし、お庭を散歩していたの。あなたのうちの八重桜《やえざくら》、とても見事だわ。いいわねえ」

　昨夜のちょっとした諍《いさか》いなどなかったかのような顔で、瑠璃子は穏やかな目で文子を眺めた。けれど、その表情には拭いきれない陰りがある。文子との間にあったことは、一朝一夕では片付かない。それに加えて、恐らく彼女は昨夜の蛮行の件についても聞き及んでいるのだ。

「ごめんなさいね、突然お邪魔して」

「いいえ、いいの。いらして下すって嬉しいわ。普段は誰もお客様なんか来ない寂しい家ですから」

　すらりと瑠璃子相手にそんな文句を吐くと、文子は本当に自分が芯から女になったような気がする。女たちの過剰なおべんちゃらや意味のない皮肉や、つまらないうわさ話や陰湿な陰口などを、まるでずっとそうしてきたかのように、巧みに操れるような気がする。

　けれどそれは文子をますます虚しさと孤独の淵に追いやる行為にしか過ぎない。そんなことを繰り返していても、文子の心は欺瞞《ぎまん》に冷たく冷えきって、本当の女になどなれやしないのだ。

「あのう、あたし、本当にあなたに申し訳ないと思っているの。何と言ったらいいのかわからないのだけれど」

と、瑠璃子はさすがに言いにくそうに、もたつきながら口火を切る。

「本当に、心からお詫びするわ。あの女中は、すぐに暇を出しましたから」

「まあ」

文子はしばし言葉を失った。そうなるであろうとは思っていたものの、昨夜の女中の哀れな謝罪の声を思い出すと、まるで己の責のように何か申し訳なく感じてしまう。

「そうでしたのね。可哀想なことをしましたわ。私のせいで」

「どうして、あなたのせいだなんて！」

「瑠璃子様」

文子は改まったように膝を進めて、まっすぐに瑠璃子を見た。

「どうかこれ以降、誰の責任を問うこともなさらないで下さる。もちろん、私を騙した男たちにも」

「だけどあなた、それでよろしいの。あんな奴らを、野放しにさせておくなんて」

「ええ。だって、全ては私が軽率な行動をしたせいなんですもの。それに、もし昨夜のことを知る誰かがあっても、その方々に言い含めて下さる。このこと、どうかどなたにもお話にならないで、って」

「ええ、もちろんよ」

瑠璃子はやや興奮して捲《まく》し立てる。

「あの騒動に気づいた人もありましたけれど、あたし、その場でそう言いましたわ。当たり前よ。文子様の名誉ももちろんだけれど、うちだって召使いがそんな失態をしでかしたなんて、広めたくありませんものね。お家の恥ですもの。あんな、馬鹿な連中のせいで」

文子は内心、意外な思いで怒りに顔を赤くしている瑠璃子を見つめた。てっきり、憎い女がひどい目にあったのを、痛快に思っているとばかり考えていたのに。

「ねえ、あなた。あたしがいい気味だとせせら笑っているとでもお思いなんでしょ」

まさに今考えていたことを言い当てられて、さすがの文子も頬を染めた。瑠璃子は文子に反論の隙を与えず、言葉を継ぐ。

「そんなことは絶対にあり得ないわ。どうか信じて下さいませね。あたし、今日は本当にお詫びしたくて来たんですの。本当に、悪かったと思ってますわ。あの二人は、永久にうちには出入り禁止です。召使いも厳しく教育します。ですから、どうかこれに懲《こ》りずに、またうちにいらして下さいませね」

「お父上が、そう仰《おつしや》っていたの」

「いいえ、今日来たことは、あたしの独断です。父が知ったら、自分も行くだのお詫びの品だの、きっと大騒ぎになりますわ。あたしも恥知らずな性分ですけれど、一応女ですから、そんな風に騒ぎ立てられたら、あなたがきっと嫌な思いをするだろうと思ったのよ」

「まあ。――ありがとう、瑠璃子様」

瑠璃子のこの思慮深さは、文子にとって想定外のものだった。思えば、自分は瑠璃子のことはあまり知らないのだ。男の頃に懸想《けそう》されていることはわかっていたけれど、他にはその放埒な振る舞いしか目に入っていなかった。こんな風に女同士の付き合いをして、初めてわかることもあるのかもしれない。

「だけど、どうか安心して下さいませね。私、多分瑠璃子様が思っているほどひどいことをされたんじゃないんですの」

「え、それって」

「確かに、その――恥ずかしいことはあったんですけれど。その、すぐに兄が助けてくれたものですから」

「まあ。そうだったの」

瑠璃子はほっと安堵した顔で、頬に笑みを刻んだ。

「少し安心したわ。あたし、てっきり」

「いいえ、私は大丈夫。それにあんな連中、油断さえしていなけりゃ、今度は返り討ちにしてやるわ」

「まあ！　文子様ったら」

さすがに頼もしいわ、と瑠璃子は鈴を転がすように可憐な声で笑った。

「ああ、そうだわ。ねえ、しばらくは夜会はお嫌かもしれないけれど、お茶会にくらいはいらして下さるわよね」

「お茶会？」

「ええ。今度英吉利《イギリス》から、昔父がお世話になった家の息子さんがいらっしゃるんですって。英吉利の紳士ならあなただってご興味がおありでしょ」

英吉利。その響きに、文子は複雑な感慨を覚えた。昨夜の瑠璃子の皮肉はさておき、文子は自分の人生が一人の男の告白によってたちまちひっくり返されてしまったのを、遠い倫敦《ロンドン》の地で聞いたのである。懐かしいような、もう思い出したくもないような、いっそ日本を出てそこへ逃げ込んでしまいたいような――文子にとっては因縁の深い、相反する感情が渦巻く国だった。

けれど、この誘いを断ることは、瑠璃子の心遣いを足蹴にしてしまうことになるだろう。文子は、この大胆で自由な娘の、優しい素顔をかいま見てしまった今、これ以上の悲しみを与えることはしたくなかった。

「そうね。せっかくですし、少しだけならお話ししてみたいわ」

「あら、そう！　よかった。綺麗なお嬢さんをお呼びしてって言われているの」

瑠璃子は無邪気に喜んだ。彼女なりに、文子と改めて友情を築こうとしているのかもしれない。文子が自らの意思で男として生きていたわけではないことは、瑠璃子とてわかっているだろう。昨夜は感情が先走ってしまったけれど、恐らく一夜明けて、彼女は自分の言葉を後悔し、更に文子の事件を聞いて、怒りが同情に変わってしまったのに違いなかった。

「そうそう。そういえば、あの不届きものの二人のことだけれど」

と、瑠璃子はついでのように報告した。

「昨夜うちを出てからその足で花街へ行って、酔った破落戸《ごろつき》どもにひどい目にあわされたらしいわ。二人とも骨を折るような大怪我ですって。きっと天罰ね」

＊＊＊

瑠璃子を玄関で見送った後、文子はその足で正章の書斎に乗り込んだ。

生前の父が使っていた部屋である。正章は暇さえあればそこにこもって、様々な知識を吸収せんと励んでいた。その姿勢は好ましいもののはずであったけれど、今となってはこの男のやることなすこと、全てが文子の癪《しゃく》に障る。

「お兄様」

形ばかりのノックをして、返事を待たずに扉を開く。いつも通り書物を開いて熱心に見入っていた正章は、特に驚きもせずに文子を見た。

「どうかしましたか」

「今、瑠璃子様から教えて頂きましたの。昨夜の二人の顛末」

「ああ、私も聞きました」

飄々《ひょうひょう》とした様子で肩をすくめ、正章は嘯《うそぶ》いた。

「どうやらひどい目にあったようですね」

「白々しい」

吐き捨てて、侮蔑の眼差しを向ける。

「あなたが破落戸どもに命令したんでしょう」

「はて。身に覚えがありませんが」

「知っているのよ。あなたはうちに来る前、札付きの悪党だったって。そのときの知り合いに命令して、あの二人を襲わせたんでしょう」

「誤解ですよ。一体どこでそんなことを」

「どこまでも野蛮な男！」

屈辱だった。この男によって自分の復讐が遂行されたかのようなこの状況が耐えられなかった。この男に守られているなどと思いたくもなかった。

「女中たちが噂していたのを聞いたのよ。いいえ、単なる噂なんかじゃないわ。実際あなたが破落戸どもを束ねて賭場を開いたり、妓楼《ぎろう》の用心棒みたいなことをやったりしているのを知っている人もいたんだもの。あなたは正真正銘のやくざ者よ」

滔々《とうとう》と正章の過去を語る文子の口ぶりに、これは言い逃れできないと踏んだのか、正章は大儀そうに溜息《ためいき》をついた。

「確かに、俺は昔そんなこともしていました」

自然と、一人称が変わる。下賤な男の素顔がちらりと覗く。

「けれど、母親の死をきっかけにして改心したんです。そして、このお屋敷に奉公にあがって」

「そして、血の繋がった弟が実は妹だったと知って、好きだ何だとかき口説こうとしたっていうの」

遮るように、文子は怒りのままに捲し立てる。正章の表情に僅かな動揺が浮かんだが、すぐにふてぶてしい顔つきになり、読んでいた書物を閉じた。

「あなたへの気持ちは本物です。腹違いの兄妹だとも知っていた。けれど今まで一緒に暮らして来なかったのだし、そんな実感はなかった。そこで、あなたが実は女だったと知って——俺は、あなたが可愛くて仕方なくなったんだ」

「あんなに虐げてやったのに？」

「ええ。好きですよ。今でも。あなたをずっとお慕いしています」

「私はお前なんか好きじゃない」

「知っていますよ」

正章はおもむろに煙草に火をつけた。深く吸い込み、紫煙を吹く。

「けれど、俺の気持ちは知っていて欲しかった。あなたに俺という存在を意識して欲しかったんです」

傲岸な物言いに、文子は怒りを通り越して腹の奥が冷え冷えと凍り付いていくのを感じた。ああ、この男を思い切り傷つけてやりたい。以前のようにひれ伏させて、頭を踏みにじってやりたい。

けれど今となってはそんなことはできないのだ。この男にそうされこそすれ、自分がこの男を足蹴にすることはできない。清々しいほどの下克上が、まさか己の身の上に起きるなどと、一年前の自分は考えもしなかっただろう。

一年前――――そう、あの頃は、この男はただの下男だった。下僕だった。いくら文子に踏みつけられても、唾を吐きかけられても、彫像のように表情を動かさず、ただじっとりとした熱い視線をこちらに注ぐだけの、得体の知れない存在だった。

「――――お前は、今まで足蹴にしてきた石ころの気持ちを考えたことがあるかしら」

「石ころ?」

「そう。そこにあることが当然で、踏みつけられるために存在している、もの言わぬ路傍の石の気持ちを」

文子は自分で言った言葉にクスリと笑った。

「ないわね。あるはずがない。そんなことを考える人間などいないはずよ」

「俺が――――その『石ころ』だと言うんですか」

「そうよ」

にわかに正章の顔は怒りのために赤くなった。こんな男にも誇りがあるのか。文子は意外な気持ちがした。

「私は今、これまで散々踏みつけてきたその『石ころ』に、復讐されているんだわ」

「復讐など」

「それじゃ、なぜお前は最初から自分の生い立ちを話さなかったの！　最後の最後に、最も私に屈辱的な形で打撃を与えようとして！」

「だから、言ったはずです。あなたという後継ぎがいるのだから、俺はまさか自分が爵位を継ぐなどとは思っていなかった。昔追い出した混血児《あいのこ》の子供が、俺はあなたの息子ですと言いに来たって、疎まれると思っていた。実際母もそう言って、出自は明かさない方がいいと言っていた。だから俺は数年だけでも、伯爵の側で、父の側で働けたことが幸せだったんです。けれどせめて――せめて最後にだけはと思って」

「お前は私が女と知っていたわ」

「ええ、知っていました。しかし、その意味は知りませんでした。ただ、何かの理由で男のふりをして、跡継ぎとして育てられたのだろうと」

「嘘！」

たまらず、文子は正章に詰め寄った。

「私見たのよ。お前があの祈禱師《きとうし》と話しているところ！」

指に挟んだ煙草から灰が落ちる。正章は文子から目を逸らした。端正な横顔が強張っている。

まだ父が壮健だった頃、あの祈禱師は柳沢の邸に堂々と出入りしていた。一族皆から疎まれていた存在だったにもかかわらず、当主が是と言えば罷《まか》り通ってしまう家風である。祈禱師は伯爵の絶対的な庇護の下、大きな顔をして柳沢家の敷居をまたぐことができたのだ。

「聞いたのでしょ。あの恐ろしい祈禱師が父を操っているって。私の人生は、そいつのせいでおかしくなってしまった！」

正章は邸の門を出てすぐのところで、祈禱師と向かい合っていた。やたらと仰々しさを前面に出しいつも気難しく威厳ある雰囲気を装っている祈禱師が、親しげな仕草で正章の肩に手を置いたのを、文子は邸の二階の窓から見ていた。

（この二人は以前にも会話したことがあるに違いない）

それは今から二年ほど前のこと。文子の性別が正章に露見し、文子にまとわりつくようになって二年が経っていた。文子は正章を手ひどくいじめ続けた。そして同時に、正章の下劣な欲求も叶えてやった。それは、犬のように肌を舐める行為である。文子はそれ以上のことは決して許さず、気まぐれのように正章の舌を受け入れた。

二人は主従というよりも、ご主人様と犬であった。どんなに惨くいじめても足下にすり寄ってくる愚かな男を文子は軽蔑し、また正章の文子を見る目も日に日に捩《ね》じくれて到底純粋な恋慕とは言えぬ禍々《まがまが》しいものに変化していた。

正章がいつから件《くだん》の祈禱師と接触していたのかはわからない。けれど、直系のみに当主になることを許すという伯爵の妄信を知ったときから、あの男の頭には確実に復讐の図面が描かれていたことだろう。

「復讐――復讐ね」

正章は歪《いびつ》な笑みを漏らし、煙草を揉み消した。それが父の吸っていたのと同じ銘柄だと悟って、文子はますます頭に血が上るのを覚えた。

「どちらにしても、俺はあなたの救い主じゃありませんか」

「――救い主?」

「そうですよ。あなたが偽りの人生から解放されたのは、ひとえに俺が、伯爵に自分のことを打ち明けたからでしょう」

文子は絶句して、しばらくの間呼吸すら忘れていた。

「お前は――私が、救われたと思っているのね」

遠い異国の地で、父の死亡とその遺言の内容を聞いたとき、どんなに絶望したか。また、新しく爵位を受け継いだ男を知ったとき、どんなに混乱したか。

「さすが、石ころの浅知恵だわ」

文子は冷笑した。この男には文子の心など一生理解できないに違いない。いや、この男だけではない。誰一人として自分を理解してくれる者などいないのだ。

「いいえ、犬だったわね。お前は犬。主人の足下に這いつくばってつま先を舐めるのが大好きな犬」

文子は高い声で笑った。あんな犬のようなことをしていた男が、今や伯爵だなんて、この世の中は馬鹿馬鹿しいことだらけだ。女の自分が男のふりをしていたのだって、今考えてみればなんと荒唐無稽《こうとうむけい》なお芝居なのだろう。そう、あの頃だってわかっていた。けれど、その愚かしいお芝居を、幕が下りるまできちんと演ずることこそが、文子の――文人の使命だったのだ。この世に生れ落ちたときから決まっていた、文子の人生だったのだ。

「わかりました。いいですよ、白状します」

文子の高笑いが止んだ頃、正章は無感情な声を気怠気《けだるげ》に投げ出した。

「昨夜あなたに蛮行を働いた男たちを懲らしめたのは俺の指示です。それに、前伯爵の今際《いまわ》の際に名乗り出たのも、あなたから最後の最後に爵位の継承権を奪うためです。あなたに復讐したかったんです」

淡々と、文子の台詞《せりふ》を復唱するような調子である。文子は据わった目で正章を見た。

「どうです。満足しましたか」

二人の視線が絡み合う。途方もなく熱いけれど、それは湯の沸騰するような透明なものではない。大地の奥深くでぐつぐつと煮えたぎっているような、憎悪のマグマである。

文子は腹違いの兄を――かつての下僕を見つめながら、己の胸の内に燃えたぎる烈しい感情を持て余し、押し黙っていた。

(この男の側にいることは、この爛《ただ》れた情動を常に感じていなければいけないということだ。かつてのあの頃よりもよほど捩じくれた――この、怪物のような感情を)

この男がこの男である限り、文子が文子である限り、平穏な関係などあり得ない。姉たちの言う通り、一刻も早くここを出た方がいいのだろう。けれどそれは彼女たちの言うような『女の幸せ』のためではなく、人としての形を保つために、ということだ。

文子は自分を誰よりも清廉な、高潔な『男』であると信じてきた。学友たちが女遊びを覚え堕落していく中、己は勉学に励み、体を鍛え、立派な男であろうとした。それは元より、自分が本当は女であるという事実を覆い隠すために、より完璧な男性であらねばならなかったからだ。

そんな文子の努力をあざ笑うように、正章の影は常に側に寄り添っていた。女の悦楽の一端を知ってからというものの、文子の肉体には火が灯されてしまったのだ。身もだえるような衝動に耐えられなくなった頃、正章の欲望を受けた。己の指で慰めるなどということは文子の誇りが許さなかった。正章はただの犬同然の男であったので、その家畜が己の欲求のために文子の体を欲したとて、それは文子には何の関係もなく、ただ受動的でいればよかった。それに快楽を感じたと言っても、それは文子の意思ではなかったのだ。

「久しぶりにご褒美をくれませんか。『文人様』」

思いがけず近い場所から声が聞こえ、文子ははっと我に返った。いつの間にか正章はマホガニイの卓子《テエブル》を越え、文子の側に立っていた。

「な――なんですって」

文子は後ずさる。けれど生憎《あいにく》背後は壁であった。文子が一歩下がれば、正章が一歩進む。壁と男の体に挟まれて、文子は息を呑んだ。

「あなたを犯そうとした男たちをとっちめてやったんだ。本当は殺してやりたいくらいだったが――あなただってそう思っていたでしょう。まさかあいつらにこの体を触られて悦んでいたわけじゃないでしょう」

確かに懲らしめてやりたいとは思ったが、殺したいというほどではない。殺したかったのは、愚かな己自身。文子は他人の不心得よりも、自身の不徳を責める性質があった。言い訳は最も女々しいものという考えがあった。文子は女々しいものを嫌った。

「ああ、でももしかしてそうなんですか。男たちに蹂躙《じゅうりん》されてよがっていたんですか。まあ、あなたは軽蔑している下男に平気で体を舐めさせるような淫乱な人ですからね。もしかして、途中で俺が助けに入ってしまったのも、邪魔だったんじゃないですか」

文子の思考をよそに勝手なことを捲し立てる男を、憎しみを込めて睨みつける。何より も、誰よりも殺したいのは他でもない、目の前のこの男だ。

「ああ――――いいですね、その目。懐かしい」

正章はひるむどころか、どこか陶然とした眼差しで文子を見下ろす。

「あなたのその女王様のような目が好きなんですよ。興奮します。傲慢で、生意気で――――。自分が絶頂を終えれば、あなたは俺がそれ以上触れることを許しませんでしたね。だからあなたを俺のものにするには、あなたよりも立場が上になる必要があったんですよ。石ころのままでは、あなたの自慰に使われるだけの道具で終わってしまいますからね。あなたの道具として使われた後、俺がどんなにみじめで切ない気持ちで自分を慰めたか。いつもあなたを征服することを夢想して、俺は毎晩何度も――――」

「黙れ!!」

パン、と乾いた音が大きく響いた。

文子は堪え兼ねて正章の左頬を思い切り平手打ちした。じんじんと脈打つ手のひらを押さえて、文子は憤怒に震えている。正章は僅かに赤くなった頬を歪めて、嬉しそうに微笑んだ。

「もっとぶって下さい」

「この、きちがいッ!!」

文子は狂ったようになって何度も正章を打ち据えた。正章はされるがままになりながら、肩を揺すって笑っていた。文子は正章の腹を、股間を蹴り上げようとした。そのとき、自分が女の着物を着て、脚を自由にできないのだと、今更のように気がついた。

「ああ。そう言えば、あなたは俺の股を蹴ったり踏んだりするのがお好きでしたよね」

正章の目に歪んだ愉悦が浮かぶ。

「そんなに男のここが憎かったのですか。あなたがいくら欲しても持ち得ない、男のこれが」

「やめろッ」

男は文子の手首を握り、その手の平を無理矢理己の張りつめたそこへ押し付けた。

文子はぞおっと総毛立ち、身悶えてその感触から逃れようとした。男の言う通り、これまで蹴ったり踏んだりはしてきた。だが、その手で触ったことなど、一度もなかったのだ。

文子の手は、ペンを握る手だった。書物を捲る手だった。竹刀を握る手だった。あるいは鞭を握る手だった。間違っても、勃起した男の性器に触れる手などではなかった。

文子はその熱に、その固さに、弾力に、恐れ戦《おのの》いた。こんなものは足で踏みつけても、手で触るなどということは考えられないほどの、汚らわしい場所だったのだ。

「なぜそんなに嫌がるのですか。あなたの欲していたものでしょう」

「欲しくなんかないッ、こんな、こんなもの」

「欲しくても得られないものだったから、あんなにも憎んだのでしょう。俺の体を、執拗《しつよう》にいたぶったのでしょう。俺のような肉体が欲しかったから。けれどそれが叶わないと俺にも知られていたものだから、あなたは俺に優越を感じさせまいと躍起になっていたんでしょう」

「やめろ、それ以上、おぞましいことを口にするな！」

「そうですよ。おぞましいことです。そしてそれは俺だけではなかった。この世で最もおぞましい世界に、あなたと俺はいたんですよ！　嫉妬と、煩悶《はんもん》と、憎悪に塗《まみ》れるあなたはひどく美しかった！　ひどく情欲をそそった！　俺はあなたに夢中でした！　俺を打擲《ちょうちゃく》するあなたの目に狂おしい情念が揺蕩《たゆた》う度に、焔のように烈しいあなたの憤りが、繊細で今にも壊れそうな翳《かげ》りを孕む度に、あなたを強く強く抱きしめて壊してしまいたくなった！　暴君で、狂っていて、美しくて、弱いあなたが、愛おしくて愛おしくて堪らなかった!!」

「黙れ、黙れ黙れ黙れ!!」

男はかぶりつくように文子の口を吸った。文子はくぐもった悲鳴を上げて暴れた。お互いの唇が裂け、血の味に一瞬気が遠のいた。男の太い舌が捩じ込まれ、呼吸ごと烈しく吸われて、視界が白く濁った。気がつけば、男は床に膝をついていた。文子の着物の裾を捲り、ふくらはぎに舌を這わせた。文子ははっと我に返り、ヒステリイを起こしたように喚き立て、正章の頭を引っ張ったり拳で叩いたりした。しかし、男はヒルのように吸い付いて一向に離れる気配がなかった。

「はあっ、ああ、お前などに、お前などに！」

とうとう力つきて、文子は激しい呼吸に胸を上下させながら壁にもたれた。男の舌は太ももをなぞり上げ、熱く潤んだそこへとたどり着く。ささやかな柔毛《にこげ》が男の息にそよぐ感覚に、文子は呻いた。

「ああ、俺をぶって、こんなに濡れて」

とろりとした蜜をたたえる花びらの狭間に、正章は肉厚な舌を差し込んだ。

「う、ううっ」

にゅるりと襞の奥に侵入されただけで、文子は早くも忘我の境地に達する。文子はこの男との秘密の戯《たわむ》れにすっかり慣れきってしまっていた。けれど、英吉利へ行き、一年後ここへ戻ってきてから、この交渉はすっかり途絶えていたのである。まるで渇ききった大地に待望の雨が降り注いだかのように、文子の体は男の舌を悦び、いとも容易《たやす》く燃え上がった。

「ああ、こんなに後から後から。それほど飢えていたのですね。俺が欲しかったのですね」

「ああっ、違う、違う！」

「ではどうしてここがこんなにびしょ濡れなのですか。こんなに物欲しげにひくひくと震えているのですか」

「黙れ、黙れっ!!」

文子は首を打ち振って、快感にむせび泣いた。女言葉は完全に忘れていた。この男に肉体を支配されているとき、女のままでは、本当に男の所有物のようになってしまう気がした。

「ほら、ここもこんなにまるまると膨れて。可愛くて摘み取ってしまいたいくらいですね」

「ふあ、ああっ」

正章は勃起した花芯を恭《うやうや》しく舌に乗せた。僅かにざらついた舌の表面で容赦なく擦り立てられ、乱暴に舌先で何度も跳ねられると、文子は腰を大きく痙攣させた。

「んっ、んうう――――っ」

「おや、また達してしまいましたか。ああ、すごい。洪水のようです」

とろりとろりと奥から蜜が伝い落ちていくのがわかる。久方ぶりの立て続けの絶頂に、文子は半ば茫然自失となって胸を喘がせている。

「もう立っていられないでしょう。ここに摑まって」

正章は文子を卓子《テエブル》の上にうつ伏せにさせ、尻を突き出させた。甘い快楽の泉に溺れる文子は、されるがままである。頬に冷たいマホガニイの肌を感じ、父を思い起こさせる懐かしい煙草の香りを嗅いで、束の間過去に戻ったように錯覚した。

父はこの書斎で、文子に様々な訓戒を垂れたものだ。本来ならば女子供は立ち入る権利のないこの父の仕事場に自分が招き入れられることを、文子はとても誇りに思っていた。

『お前は家のためにしっかりと勉学に励み、立派な伯爵にならなければいけないよ』

『はい、お父様。文人はしっかり勉強します』

そうハキハキと答えた文子に、父は満足げに頷いて、ときにはその腕に抱いてくれたものだった。ざらついた背広の胸の感触、煙草とオーデ・コロンの混じった匂い、そんなものを、文子はぼんやりと反芻《はんすう》していた。

次の瞬間、文子は引き裂かれるような激痛に目を見開いた。

「あっ」

苦痛のあまり、声も出ない。快感に綻んでいたあの場所に、何か信じられないほど大きなものが押し込まれている。

「おや、こんなに体が固くなって。可愛いですね」

蕩けるような法悦は一瞬の内に破られた。卓子《テエブル》の上を掻いて必死で逃れようとするのを、後ろから腰を掴まれ、ぐうっと更に奥まで侵入される。

「くっ、ああ、きつ過ぎますよ。もう少し緩めて下さい」

「な、なに、を」

何をしている。そう叫ぼうとしたのを、更に恐ろしいほど深くまで突き入れられて、瞬間、目の前が真っ暗になった。

「どうしましたか。気を失うのは早いですよ」

パン、と鋭い音がして、尻に熱い痛みが走る。暗鬱《あんうつ》な世界から一気に現実に引き戻された文子は、腹の奥を抉《えぐ》る苦痛からどうにか気を逸らそうと、卓子《テエブル》にぎりぎりと爪を立てた。

「おや、中が蠢きました。もしかして、叩かれるのがいいんでしょうか」

「ううっ、違、あっ」

バシン、バシン、と立て続けに尻をぶたれて、文子の目から真珠のような涙がぼろりとこぼれた。叩かれるたびに体が痛みに緊張して引き締まり、腹に収まった男のものを刺激するのか、男は心地好さそうに喘いでいる。

「ああ、やはりあなたはぶたれるのがお好きなようだ。ぶつのもぶたれるのも好きだなんて、とんだおひいさまですね」

「このっ、人非人《にんぴにん》!!」

「ありがとうございます。俺はあなたにどんな言葉を向けられようと、それが賛辞にしか感じないんですよ」

男は荒っぽく動き始めた。腰を揺すり立て、文子を獰猛《どうもう》に突き上げ始めた。

「ああっ！　あっ、あっ、いやあ!!」

「どうしましたか。今更可愛い女のような声を上げて」

体の内側から犯される。文子もおぼろげに今腹を突いているものが男のものだと悟っている。子爵の邸で最後までされなかった行為を、今父の書斎で、下賤な男に、腹違いの兄にされているのだ。

「俺に哀れっぽく懇願すれば、やめてあげてもいいですよ。か弱いお嬢さんに涙ながらに堪忍してと言われれば、俺だってこのまま続けられるほど鬼ではないですからね」

男は文子にそんな真似などできないと知っていて言っている。文子は血が滲むほどに唇を噛み、痛みに耐えている。必死でなるべく早くこの行為が終わることを祈っている。

「何も言わないんですか。痛いからやめて、お兄様堪忍してと泣き叫ばないんですか」

文子は低く呻くだけで、沈黙している。男を罵倒しようとすれば、口の開いた瞬間に悲鳴がほとばしってしまうだろう。無様な声は上げたくなかった。ましてや、この下劣な男に何かを懇願するなどと、天地がひっくり返ってもあり得ないことである。

男は文子の上でおかしそうに笑った。

「そうですか、俺にすがりつく気はないんですね。それじゃ、俺も遠慮なく楽しませて頂きますね」

「うっ、うう！」

突き上げが深く重くなる。腹の奥で弾ける激痛に目が裏返り、声が掠れる。入り口は大きく裂けて肛門と一緒になってしまっているのではないかと思うほど開かれているように錯覚する。太ももの内側を伝うものが恐らく血であることは、意識が曖昧になり始めている文子にもわかった。

（ああ、また、世界が変わる）

直接的な色をした世界を覆う分厚い肉色の膜が裂け、その奥には無限に続くような極彩色の世界が広がっている。

文子の肉体がそれまでにない刺激を与えられる度に、文子を包む世界は変貌していく。

少年から少女へ、少女から女へ――――。

　これからどんどん世界が脱皮を繰り返し、いちばん外の世界へ飛び出してしまったら、自分はどうなってしまうのだろうか。そして、その外には何があるのだろうか。

　散々に揺すぶられて、文子の髪は乱れに乱れ、哀れに項《うなじ》に散っている。恐ろしい極太のうなぎのような熱いものが、腹の中で身を強張らせ、ずるりと抜けて、叩かれて赤くなった尻の上に生温かな何かを振りまいた頃、文子はすでに半死半生の状態であった。

「文子さん」

　卓子《テエブル》の上からずり落ちそうになるのを、頑丈な腕に抱きとめられる。瞼《まぶた》を開けていても何も見えていないガラス玉のような目に、男の顔が大写しになり、何度も角度を変え熱っぽく口を吸われる。

「文子さん、文子さん」

　繰り返し名を呼ばれるが、文子は人形のようになって何も答えない。

「とうとうあなたを手に入れました。あなたを俺のものにしてしまいました」

　震える声で囁かれた後に頬に落ちた温かなものの正体など、文子は考えたくもなかった。

青い瞳の青年

文子《あやこ》が鹿野《かの》子爵のお茶会に招かれたのは、瑠璃子《るりこ》が柳沢《やなぎさわ》家を訪れてから数日後の、よく晴れた日曜日の午後のことだった。

庭に面した大きな窓から降り注ぐ陽光に照らされた広い客間《サロン》には、先日の夜会ほどではないにしろ、多くの紳士淑女が集い、いくつかの円卓子《テエブル》を囲み、銘々《めいめい》にお喋りやお茶や菓子や果物を楽しんでいた。先の夜会と少し違うのは、その顔ぶれである。そこには多くの異国の人たちが集まり、不自由な日本語と流暢《りゅうちょう》な英語が飛び交っていた。

「文子さん。よく来てくれたね」

子爵は柔和な笑みをたたえて席を立ち、文子にひとつの席を勧めた。隣には一人の若い白人男性が座っており、子爵が歩み寄ると立ち上がった。

「こちらが英吉利《イギリス》から来た青年だ。エドモンド・ウィリアム・バートンというんだよ。ケンブリッジを卒業して、今はお父上の会社で働いている」

「やあ。はじめまして」

栗色の髪に青い目の青年は流暢な日本語で文子に挨拶した。背丈は正章《まさあき》と同じくらいだろうか。その姿を彩る色合いが薄いためか、正章よりも優しい女性的な印象を受ける。面長で、鼻筋も細く、唇はややぽってりとして柔らかそうなのが、優しく繊細な雰囲気だ。けれど柔和な顔には神経質なところが少しもなく、それはこの青年の穏やかな微笑みによるところが大きいのかもしれない。ともすれば怜悧に見えそうな端正な顔立ちだが、その表情には、彼の温かな人格がにじみ出ているようであった。

文子もはじめまして、と挨拶を返すと、

「彼女は柳沢伯爵家のお嬢さんで文子さんと言います。娘の友人なんですよ。歳はあなたより少し下でしょう。ああ、お兄様はおいくつだったかな」

「兄は二十五ですの」

「ああ、そうですか。それなら僕と同い年だ」

ひとつ共通点を見つけたことが嬉しかったのか、青年は白い歯を見せて微笑んだ。

伯爵が他の卓子《テエブル》に移動すると、エドは文子の後ろに回って椅子を押し、文子が座った後で自分も隣の椅子に腰を下ろした。

「エドモンドさんは、本当に日本語がお上手でいらっしゃるのね」

「エドとお呼び下さい、文子さん」

留学経験のためにある程度は免疫のできている文子だったが、並の日本人女性であれば、初対面の殿方にこんな風に接近されればたちまち赤面してしまうであろうという距離で、エドは文子に微笑みかけた。

「僕は日本文化に興味があるのです。父も浮世絵の蒐集《しゅうしゅう》が趣味で、以前何度も日本に足を運んだと聞きます」

「まあ、そうなんですの」

「ええ。父は鹿野子爵とも日本で知り合いました。僕の父は貿易商をやっているんですが、僕も将来は父の稼業を継ぐでしょう。父のコレクションも僕が継ぎます。僕は将来もっと日本の芸術品を集めて、博物館を建てるのが夢です。日本の美しい文化を、英吉利にもっと広めたいのです」

文子はエドのサファイヤのようにきらめく瞳を眩しそうに見つめた。

(この人はなんて意欲に満ちているんだろう。なんて輝いているんだろう)

自分も、男のままであったなら、あるいは——と、考えずにはいられない。自分に残されている希望は、『女の幸せ』のみである。結婚と出産の義務。その他に文子の道はない。しかし、仮にも血の繋がった兄に犯された今、自分にその平凡な道すら歩めるのかどうか。それを考える度に、文子の胸は暗澹《あんたん》たる思いに塞がれる。

そのとき、背後の卓子《テエブル》から軽快な英語が聞こえてくる。さりげなく注視すると、その卓《テエ》子《ブル》に座っているのは英吉利人、あるいは亜米利加《アメリカ》人だけのようだ。

「本当に日本の召使いは嫌になるよ。命令しないと自分では何もしないんだ。俺はもう閉口して、こないだ中国人の男の子を雇ったよ」

「本当に、この前英国大使館の園遊会に行ったら洋服の婦人ばかりで呆れたね。背が低くて足も曲がっているし、それに顔も大きい。洋服など全く似合わない。この国には鏡がないのかな」

「ああ、早く英吉利に帰りたいわ。この国のバスや電車に乗ることが苦痛なの。あの、しょっちゅう車内に満ちているあの臭い。なんですっけ、あの大きなラディッシュのような。あの漬け物の臭いがたまらなく臭くて少しも嗅いでいたくはないわ。日本人にはあの臭さが染み付いているわ」

早口で喋ればこちらがわからないと思って言いたい放題である。文子は何とはなしに聞き流しながらも、嫌な気持ちになるのを抑えられない。

「あなたは英語がおわかりになるんですね」

出し抜けに、エドが英語で話しかけてきた。

「後ろの連中が早口で悪口を捲《まく》し立てているのを聞いて、あなたが顔をしかめていたのを見ましたよ」

文子はさすがに赤面した。この青年相手に取り繕っても無駄なので、観念して文子も英語で話し出す。

「お恥ずかしいですわ。少しだけ、英吉利に留学したことがあるものですから」

「日本のご令嬢が！　それはまた珍しい。我が国では男女ともに同じ教育を受けていますが、日本では違うと聞きましたよ」

「ええ、それは、まあ」

文子はなんと答えたらいいものか迷った。世間に例がないわけではないが、やはり日本では一般的に留学するのは男子である。

エドはしばらく真剣な表情でじっと文子の顔を見つめ、何を思ったか、ふっと破顔した。

「いや、もうしらばっくれるのはよしましょう。実は、僕はあなたを倫敦《ロンドン》でお見かけしたことがあるのです」

「えっ。なんですって」

これにはさすがに驚いて、文子はエドの顔を凝視した。

「僕は世にも不思議な光景を目撃しました。以前まで男性の服を着ていたあなたが、ある日を境に、女性の服を着るようになった。僕は目を疑いました。東洋の人は中性的な容姿の方が多いのですが、それにしてもあなたのようにどちらの服も着るというのは、相当珍しいことでしょう」

文子は絶句した。エドはいつから文子のことを見ていたのだろう。いや、そんな詳しいことまで把握しているのだから、観察と呼んだ方がいいのかもしれない。

「そうして、今あなたは女性の着物をお召しになっている。全体、どちらが本当のあなたなのですか」

文子は答えられずに、俯いた。まさか、倫敦の地でこんな風に自分の姿を見知っている人がいるとは思いもよらなかった。しかも、その人が自分の近しい人と関係のある間柄であったとは。

文子は急激に、エドの存在を身近に感じ始めた。身近というよりも、奇妙な縁で結ばれた関係と言うべきだろうか。エドはこの先長く日本にとどまるわけではないだろう。すでに周知の事実である自分の風変わりな身の上を語ったとしても、何の支障もないはずである。

「これには、色々と事情がございますの」

文子は、この不思議な縁を持った青年に、自分の状況をかいつまんで聞かせた。家の事情で、女でありながら男の生活をしていたこと、しかしこれまた家の事情で、突然女に戻されることになったこと。エドはいちいち英吉利人らしい大げさな反応は示さずに、静かにウンウンと頷きながら耳を傾けていた。

「それはかなり変わった話だね。まるでおとぎ話のようだ。日本ではまさかそんなことが普通というわけではないよね」

「まさか！　こんなことは、私の家だけだと思いますわ」

「なるほど。それでは、あなたは男であったけれど、今は女であるというわけか」

「ええ。ですから正直を申し上げますと、私、さっきあなたがとても羨ましいと思いましたの。遥々《はるばる》日本まで来て、夢があって、将来への希望もあって」

「あなたには希望はないの？」

「姉たちは、女の幸せは結婚して子供を作ることだと」

「そうなのか。日本の女性は、結婚すれば幸福になれるのかい」

「この国では、女性の個人の幸せなど問題ではないんです」

文子は知らずの内に、自分が皮肉っぽい口調になっていることに気がついた。こんなことは、日本人男性には決して言えない。エドだから話すことのできる内容である。

「女性たちには義務があるんです。結婚して子供を産むこと。その義務を果たすことによって、女性は幸せになるんですわ」

「なんだか、聞いているととても窮屈だね。いや、その国にはその国の文化があり考え方があるんだろうけれど」

「ええ、窮屈に違いありませんわね。結婚は家同士のもので個人でするものではありませんし。そりゃ、親の決めた相手がいい方で、幸せな結婚ができればいいんでしょうけれど」

「え、家同士で決めるのかい。じゃあ、好きな人とは結婚できないの」

「近頃は、自由恋愛なんてものがもてはやされていますけれど――でもまだまだそんな考え方をできる人は多くありませんわ。特に、私のような家柄の娘は、家のための結婚が絶対的なものですし」

「英吉利の娘たちにはそんなことはとても強制できないよ。親が子供を自由にしようとしたって、子供も黙っちゃいない。好きな人と駆け落ちしてしまうよ」

「日本では駆け落ちは無理ですわ。そりゃ、今までに例はありますけれど、ほぼ確実に見つかってしまいます。逃げ場がないんですわ」

「それじゃ、英吉利に逃げてしまえばいいじゃないか」

「え？」

突拍子もないことを言われて、文子は首を傾げた。キョトンとしている文子を見て、エドの白い頬に僅かに赤みが差す。

「実を言うと、倫敦であなたを一目見たときから気になっていたんだ。さっきも言ったけれど、僕は日本に興味がある。日本女性は憧れだったし、あなたが男性と女性の服装などをしているから、尚更《なおさら》不思議でね。正直、かの人を捜すための来日でもありました。けれど幸運にも、その人は今僕の目の前にいる。そして、僕はあなたに惚れていることに気がついた」

「そんな」

突然の告白に、文子はしどろもどろになった。

「ご冗談でしょ？」

「いいや、真剣だよ。今あなたと少し語り合っただけで、あなたがとても聡明な人物だということはわかる。一目見たときからあなたの美しい容姿にも夢中になっていたけれど、今こうして話してみると、僕はあなたを自分の国に連れて行きたくなってしまった」

「でも、そんな――無理ですわ。きっと家族が許してくれませんし」

「だから、駆け落ちしようと言っているのさ」

エドは何でもないことのように屈託なく笑った。

「それに、あなたはそんな数奇な人生を歩んできて、今更自分が大人しく日本女性の人生に戻れると思っているの？　その、結婚と出産だけが義務の生活に？　それに満足できるとでも？」

痛いところを突かれ、文子は沈黙した。そんなことは自分でもわかっている。けれど、ずっと家のために生きてきた文子には、やはり家のために生きるということしか考えられない。

「でも、私は、そうするしか」

「今まであなたは家のために自分の人生を犠牲にしてきたんだ。これからは好きなように生きたっていいじゃないか」

「あら、二人で真剣に見つめ合って、何のお話をしているの？　英語はわからないから、日本語でお喋りして頂戴」

そのとき、二人の間に瑠璃子が割って入る。文子はエドの青い目の呪縛から解放されたようにはっとして、熱く火照った頬を押さえた。

けれどエドは悪びれず瑠璃子に笑いかけとんでもないことを口走る。

「今、彼女に求婚していたんですよ」

「エド！　な、なんてことを」

「まあ！　さすが西洋の方ね。行動が早いわ」

「瑠璃子さん、日本では結婚するためにはどういった手順を踏めばいいの？」

「エド、だめよ。瑠璃子様、本気にしないで」

「僕は本気だよ、文子さん」

　思わぬ急展開に、いつもは冷静なはずの文子も困惑し、狼狽を露にしてしまう。瑠璃子はそれを見て面白がり、まずは家にご挨拶などとエドに言うものだから、いつの間にかエドが後日邸《やしき》を訪れるような気配になってしまい、文子はその約束が確定する前に、這々《ほうほう》の体で子爵家から逃げ出した。

（まったく、とんでもないことになった）

　女に戻ってからこんな風に求婚されるのも初めてだったし、何より英吉利人からというのが特異だった。本当に、どこまで自分は奇妙な人生を歩むのだろうと苦笑せざるを得ない。

　けれど、エドの出現により、文子は目の前の視界を開かれたように思った。

――ああ、今となっては懐かしいあの英吉利。あの青年についていけば、またあそこへ戻ることができる。

実際についていく考えなどないとは言え、文子はその広い世界を思って、次第に胸に希望が満ちていくのを感じた。エドに惚れたわけではない。ただ、あの活力に満ちた瞳、未来を、近い将来を語るときの生き生きとした様子。それは、何よりも今文子が欲しているものだった。

（でも、本当にエドが邸に来てしまったら、心配なのはあの男――）

そのことを考えると、胸は再び暗闇に塞がれていく。

正章は無理矢理文子を犯した。そうすることで、自分のものにしたと思っているようだ。

（私は、誰のものにもならない）

あの男の目に、エドのような光はない。ただ、どこまでも深く続いていくような、底なしの深淵があるだけだ。文子自身、正章と共にいると、己の心が醜く歪んでいくのを感じる。憤りも、憎しみも、快楽も、絶頂も、全てあの男に与えられたものだった。それさえなければ、あの男さえいなければ、文子はもっと純真な、誇り高く気高い人物でいられたのだ。

正章は、文子が初めて他の誰とも違う特別な感情を抱いた相手だった。それまで、文子は己自身しか見ていなかった。懸想《けそう》してくる女があっても何も思わなかった。好きになった男もいなかった。ただ、文子にとっては自分自身と、家と、そしてあの男がこの世を構築する部品だったのである。

「おかえりなさい。お茶会はどうでしたか」

邸へ戻ると、殿様がお待ちでございますと女中に言われ、文子は今や忌まわしい場所となった書斎に連行された。

「どうということも」

「ふうん。今日はたくさん異人が招かれていると聞きましたが」

「ええ。たくさんおりました」

なぜ正章がそのことを知っているのだろう。文子は男に監視されているようで居心地の悪い思いをしながら、短く答える。正章は小さく笑って、

「あなたはもはや俺とは会話すらしたくないようだ。嫌われたものですね」

と、今更なことをこぼした。文子は思わず失笑する。あれからほぼ毎日無理矢理行為を強いているくせに、嫌われるも何もあったものじゃない。

「何ならお兄様も参加すればよかったんだわ。あなたにも異人の血が入っているのでしょ」

「混血なら異人と仲良くできると思っているのですか。あなたらしからぬ浅慮《せんりよ》な発言だ

な」

学のない男に知性を疑われるような発言をされて、文子は頭に血が上りかけるのをなんとか宥《なだ》める。

「混血児はどこにいてもはみ出し者なんですよ。日本人にも、異人にもなれやしない」

「それはご当人の意識次第じゃなくって。勝手にひねくれて悪党になって世間を批判するのは、ただのわがままだわ」

切って捨てるように吐き出すと、正章はどこか投げやりな笑みを浮かべた。

「違いない。女でありながら男のふりをしていたあなたが言うと、説得力がありますね」

読んでいた新聞を卓子《テエブル》の上に置き、正章は立ち上がる。文子は反射的に身を強張らせるが、その怯えを悟られまいと冷然とした表情を崩さない。

男の指が文子の頭に伸びる。

「髪、伸びてきましたね」

さらりと梳かれた後に、何かが結い上げた髪の束に差し込まれた。

「これは」

「差し上げます。銀座で見かけたんですが、あなたに似合うだろうと思って買いました」

傍らの姿見を見ると、翡翠《ひすい》のあしらわれた蝶の簪《かんざし》が差されている。今更犯した女の歓心でも買おうとしているのだろうか。

（石ころの浅知恵。いっそ哀れになるほどの）

文子は女としては不思議なほどに装飾品の類《たぐ》いに興味がなかった。それは特異な育ち方をしたためもあるだろうが、着物なども毎朝女中に選ばせているだけで、きらびやかな宝石や美しい和装や洋装には何の価値も見いだせない女であった。

「ありがとう。お兄様」

平坦な声で、それでも礼を述べると、男は嬉しそうな顔をした。その表情の思わぬあどけなさに、文子は目を逸らした。

＊＊＊

夕食の席には、久しぶりに母の松子《まつこ》も同席した。ずっと体調の思わしくない松子は、離れの部屋に三度の食事を運ばせ、母屋《おもや》の食堂に足を運ぶこともできないほどだったのだ。

「お母様。今日はお加減がよろしいんですの」

「ええ。たまにはこうしてきちんと食事をとらないといけないと思ってね」

母は病がちになってからめっきり歳をとった、と文子は思った。いや、正確には、父が亡くなってからだろうか。

松子は久しぶりに娘を見るようにまじまじと文子の顔を眺めた。

「文子。あなた、ちゃんと娘らしくなったわね」

「いやだ、何を言っているのよ、お母様」

「だって、あなた。あたくしはずっとあなたが不憫で」

松子は手巾《ハンカチ》で目頭を押さえ、鼻をすすった。文子は居心地の悪さにもじもじとした。この心根の優しい母のことは愛している。けれど、同情されたり哀れまれることは、最も文子の嫌うことであった。

「お母様、そんな風に言わないで。文子はいつでも幸福ですのに」

「ああ、あなたは優しい。どうか、不甲斐ないお母様を許してね」

いつもに増して涙もろくか弱い母を見て、文子は複雑な心持ちがした。こんな弱い母に、幼かった自分に、一体何ができたというのだろう。諸悪の根源が父をそそのかした祈禱師《きとうし》ということははっきりしているが、全ての決定権は父が持っていた。どんなに無茶苦茶な命令であろうと、家族は皆家長の意見に絶対服従だったのである。

何も言えずに黙々と夕食を口に運ぶ文子と、いつまでもすすり泣いている松子を、正章はただ黙って眺めていた。この日ばかりはやり切れなくなって、文子は普段あまり嗜《たしな》まない葡萄酒《ぶどうしゅ》を何杯も重ねて飲んだ。


その夜は、いやに優しく抱かれた。

いつも力ずくで押し倒し、一方的に性急に突っ込んで乱暴に揺すぶって終わりだったのが、丁寧に時間をかけて文子の体を愛撫し、とろとろに蕩けた頃にゆっくりと押し入ってきた。

「あぁ、あああ」

過ごしすぎた葡萄酒のために熱くなった体が、男の反り返るものに穿《うが》たれて更に燃え上がる。

「気持ちいいですか。あなたは濡れやすい質だけれど、今夜はいつもよりずっと濡れていますね」

文子の手首ほどもある太いものに拡げられた入り口の、引き裂かれんばかりのピリリとした痛みすらも心地いい。握りこぶしのような雁首がぬうっと奥まで入り子宮口を抉るように押し上げるのが堪らない。

(最初の頃は、奥はあんなに痛かったのに)

今では、もっと突き上げてと発作的に叫びたくなってしまうほどに、気持ちよくて仕方がない。乳房をやや強めの力で揉まれ、しこった乳頭をコリコリと摘まれて、文子は己の下腹部が熱くうねってしまうのを感じた。

じゅぽ、じゅぽ、ぐちゅ、ぐぽ、とひどく淫猥な音を立てて長大な男根が出入りする。快感に蕩け切った粘膜をいつもよりもゆっくりと幾度も捲り上げられて、文子は我慢できずに狂おしく正章の逞しい腰に脚を絡ませ、自ら腰を振った。

「はあっ、はあっ、はあっ」

己の口から、獣のように快感を貪る荒い息が漏れる。浅ましいと思いながらも、止められない。

（葡萄酒のせいだ。この男がいつもと違う抱き方をするせいだ）

私のせいではない。私が淫らなのではない。文子は自分にそう言い聞かせながら、貪欲に動いた。男に深く口を吸われ、舌を絡められる感触すら気持ちいい。男の舌からも葡萄酒の匂いがして、文子は更に深く酩酊《めいてい》した。

腰を回しながら、ギュウギュウと男のものを締め上げると、男は文子の口の中で苦し気に呻いた。

「はあ、ああ、そんなに、締め付けないで。出てしまいます」

「勝手に出してしまえばいい。どうせ一度では終わらないくせに」

男の悦楽の表情が、あまりにも苦痛の歪みと似ているので、文子は愉快で堪らなくなる。

(もっとこの男にこういう顔をさせたい。もっと無様な顔をさせて、泣かせてやりたい)

嗜虐《しぎやく》的な欲望が頭をもたげる。鍛え上げられた腰を蠢《うごめ》かし、更に搾り取るような動きをしてやれば、男は頬を痙攣させて仰《あお》のいた。

「あ、ああ、もう、いけない」

男の喉が震え、数度大きく突き入れた後、ぶりんと抜き出して文子の腹の上に大量の精液を吐き出す。温かな粘液のこぼれる感覚に、文子は皮膚を熱くした。

「こんなに出して。汚いわ」

射精の余韻に浸っている男の頭を腹に引き寄せ、自分のものを舐めさせる。男は大した抵抗もなく自分の体液を舐めていく。その表情は恍惚として、嫌がる素振りも見せない。

「まずいですね。ひどい味だ」

「いつも人の体液を舐めているのに?」

「あなたのものは美味しい。別物です」

男の舌は精液を舐めとった後、徐々に下へ降りていく。体液で湿った陰毛に鼻を埋め、女陰の奥に舌を埋める。

「ふうっ！」

先ほどまで大きく拡げられていた敏感な膣口をなぞられ、腰が跳ねる。中で遊ぶように舌を動かし、ピチャピチャと濡れた音が響く。

「ああ、美味しい。あなたのここは最初の頃は不思議なほど何の味もしなかったけれど、少しずつ濃厚になっていますね。女になっていく証《あかし》です」

「何を、馬鹿な」

「はあ、はあ、だめです、たまりません」

犬のようにふうふうと荒い息を吐いて、夢中になってそこを舐め回した後、先ほどよりも固く反り返ったものを再び埋没させる。

「んうっ！　はああ」

熱いものに押し開かれた瞬間、文子は達した。ぶぽっと愛液が飛び散り、肌は絶頂の汗で艶かしく濡れて輝いている。

「ああ、文子さん、文子さん」

正章はやたらめったらに文子の顔中に接吻しながら繰り返した。

「文子さん、愛しています、文子さん」

（愚かな男。哀れな男）

兄と妹で、一体何をやっているのか。そう思いながらも、文子自身にすら、正章は兄だという感覚がないのである。犬のように扱って悦楽を得ていた頃もあった。これはその延長であるとしか思えない。

愛の行為でなどあるはずがないのに、男は愛していると繰り返す。だが、文子は男に愛されているなどと感じたことはない。本当は、憎まれているのだ。文子も男を憎んでいる。お互い憎しみ合いながら、ただ快楽を追求しているだけなのだ。

「気持ちいいですか、文子さん。どうして欲しいですか」

間断なく腰を動かしながら、弾んだ息の合間から正章は問うた。

「奥、奥を」

「ええ、わかりました」

文子は素直に答えた。正章も忠実に従った。

正章は文子の脚を抱え直し、ぐっと胸の方まで押し上げた。そして真上から直角に近い形でぐぼっと逸物をねじ込んだ。

「んうっ、ううううう」

文子は獣のように唸った。激しすぎる快感に逃げ出しそうになった。蒸し風呂に浸かったように、噴き出した汗が肌をぐっしょりと濡らした。

子宮口を容赦なく抉られる。剝き出しになった快楽の果実をどかどかと無遠慮に殴られているような錯覚。腹の奥からどっぷりと粘り気の強い愛液が噴き出していく。赤い唇が痙攣し、唾液が垂れる。

「はあ、あう、ああ、いい、いい、死ぬ、死ぬぅ」

「そんなにいいですか、ああ、文子さん」

ぐっちゃぐっちゃとものすごいような音が響いている。時折ぶぷっと放屁のような音を立てて文子の蜜が溢れ出て飛び散る。

文子は慎みを忘れた。身分を忘れた。矜持《きょうじ》を忘れた。男を忘れた。女を忘れた。

極彩色の膜に亀裂が入り、絹を裂くような音を立てて破けた。

（ああ、すごい、すごい）

奥には夜の空のような漆黒の闇。そこに瞬《また》く何千何万もの光の粒。それらは次第にチカチカと光りながら大きくなり、大爆発を起こして文子の視界を白く染めた。

「あ――――」

背を弓なりに反らせて、大きな絶頂に呑み込まれた。文子は気づけば正章の腹の上に乗っていて、窓の外は白く染まっていた。寝台の上は惨憺《さんたん》たる有様である。一晩中耽《ふけ》っていたのだ。文子にはほとんど記憶がなかった。正章は文子を引き寄せ、ねっとりとした口吸

いをした。お互いに虚ろな目をしていた。男の固い褐色の胸の上に身を預けると、急激な眠気が訪れた。

（ああ。お姉様たちは、本当の女の幸せをご存知なかったのだ）

もしかすると、知っていて隠していたのかもしれない。いや、あの大人しく貴族的で女性的な姉の良人たちが、これを妻に与えられようとは思えない。

文子は幸せだった。女体の幸せを感じていた。けれどそれは次に目を覚ますまでの幸福ということも、文子は知っていた。

＊＊＊

数日後、はたしてエドは柳沢家にやって来た。

あの積極性と行動力からすればいずれは来てしまうだろうと思っていたけれど、その来訪は文子の予想よりも早かった。

「文子さん！　お久しぶりです」

「最後に会ってからまだ少ししか経っていませんわよ、エド」

熱い抱擁で文子を包み込むエドに苦笑しながら、背後の厳しい視線を感じて、さりげなくエドから離れる。

「紹介しますわ。兄の正章。現在の柳沢伯爵よ」

「ああ、どうも、はじめまして。僕はエドモンド・ウィリアム・バートンと言います」

「はじめまして」

エドは満面の笑みで、正章は薄い微笑でもって、握手を交わす。

応接室に案内され、女中が三人分の紅茶と焼き菓子を持ってやって来る。正章は肩をすくめてややおどけてみせる。

「すみません、きっと本場のあなたには日本の紅茶などまがい物に思えるのでしょうが」

「いいえ、そんなことはありません。ああ、この紅茶はきっと美味しい。きちんと湯気が立っています」

「おや。それは一体どういうことですか」

「日本のお茶は温《ぬる》くしたお湯で淹れますね。大抵の日本人はそこで間違ってしまうんです。紅茶は沸騰したお湯でなければいけません。けれどそれを知っている日本人は少ない。ですが、このお邸ではきちんとしつけていらっしゃる。さすが伯爵様の使用人です。素晴らしい」

エドににっこりと微笑まれて、女中は顔を真っ赤にして逃げるように部屋を出て行ってしまう。正章は大して関心もないような顔でなるほど、と相づちを打ったきり、黙り込む。

「実は、単刀直入に申し上げますが、今日はお嬢さんのことでお願いがあってお邪魔したのです」

「妹のことですか。一体何でしょう」

「僕は文子さんに結婚を申し込みたいと思っています」

取りつく島もないような淡々とした正章の態度に萎縮することもなく、エドははっきりと主張した。

「実は僕が最初に文子さんを見たのは倫敦でした。僕は勝手にそこで一目惚れをして、文子さんのために日本へやって来たようなものなのです」

「何ですって。倫敦で」

これには正章も驚いたようで、しきりに瞬きをしている。

「ええ、そうなんです。もちろん仕事や自分の趣味も兼ねての来日だったのですが、その内の大きな目的が文子さんでした。まさか父の知り合いの子爵と繋がりがあったとは思いませんでしたので、先日のお茶会でお会いできたことは幸運としか言いようがありません」

「なるほど」

正章は幾分冷静さを取り戻して、紅茶を飲んだ。

「あなたは、鹿野子爵とお知り合いだったのですね」

「ええ、そうなのです。正確には、僕の父です。父は日本をとても愛していて、何度も来日したことがあるのです」

「何度も。それは随分、熱心なことだ」

正章の目に、何かを訝《いぶか》るような色が過《よぎ》った。

文子は一瞬険しくなった兄の表情に緊張したが、それからとりとめもない雑談ばかりをして、返事は保留のまま、エドは席を立つことになった。

「あなたのお兄様は、普通の日本人とは少し顔立ちが違うようだ。もしかして、白人の血が入っているのではないですか」

玄関を出て門のところまで見送ると、エドは小首を傾げて文子を見た。

「あら、やはりあなたにはわかるんですのね。ええ、そうなんです。確か、兄の母親が西班牙《スペイン》の混血児だったとか」

「西班牙――――なるほど。太陽の国だ。確かにあなたのお兄様はあの国の男の魅力的な逞しさを受け継いでいるようにも見えますね。それよりも、もっと複雑な血の混じり方をしているようにも見えますが、遺伝の仕方は個人差がありますからね」

「女性になった途端に、大人気ですね、あなたは」

エドを見送って邸の中へ戻ると、待ち構えていた正章はそう吐き捨てた。

「まさか、英吉利の青年まで引っ掛けて来るとは思いませんでしたが」

「お兄様はエドとの結婚を認めて下さらないわね」

「もちろんですよ」

男は引きつったような笑みを浮かべ、陰惨な目をして文子を見つめる。

「誰があなたをあんな素晴らしい、美貌もあり学もあり優しさもあり若さもある青年に嫁がせるものですか。俺はね、あなたを世にも醜悪で、無学で、陰湿な、最低最悪の爺《じじ》ぃのところへ嫁がせてやりたいんですよ」

「────なんですって」

「ああ、でもそれではだめなんだ。それは俺ではない。俺がその醜い男になってあなたを抱きたいのだ。ああ、俺はもっとどうしようもなく醜い不格好な姿で産まれたかった」

束の間、文子は言葉を失った。今耳にしたあまりにも異常な発言に、一瞬頭が凍り付き、働かなかったのだ。

「何を言っているの。とうとう頭がおかしくなったのかしら」

ようやく発した声はうわずって震えていた。男の言葉には、目には、全身には、血の滴るような憎悪が漲《みなぎ》っている。文子はそれが恐ろしくてたまらなかった。覗き込んではいけない深淵を見てしまったような心持ちだった。ついこの前、文子を優しく丁寧に愛撫したのが嘘のように、男は文子を傷つけるためならば何でもしてやろうというような執念を露にしていた。

「ええ、そうですね。あなたのせいで頭がおかしくなってしまったのかもしれません」

正章は哀れむように怯えた文子を見つめている。口元にうっすらと浮かぶ微笑は狂気そのものの澱《よど》みをたたえている。

「ああ、おぞましい男に犯されるあなたが見たい。怪物のような男に組み伏せられ、嫌悪と絶望に歪むあなたの顔が見たい。誇り高いあなたが恥辱に塗《まみ》れる姿が。けれどそれは、俺以外であってはならないんです」

「お前はすでに怪物だわ。少なくとも私にはそうとしか見えない」

「そうかもしれません。あなたが俺を怪物にしたんだ。だからあなたはその代償を払わなければいけません。そうでしょう?」

正章と文子は睨み合った。過去の様々な確執が二人の間を飛び交った。しかし、すぐに文子は視線を逸らす。この狂った男と真っ向から戦う気など毛頭ない。

「もう既に私はあなたに代償を払っているわ」

「何ですか。伯爵の座を奪われたこととでも言うつもりですか」

「それもそのひとつよ。他にも様々なものを奪ったことは、あなたがよく知っているでしょう」

「そうでしょうか。そんなに大切なものなど、俺があなたから奪いましたか」

わざと素知らぬ顔で言ってのける正章の挑発に乗るまいと、文子は奥歯を噛み締めた。

恥辱に赤らんだ文子の横顔をじろじろと眺めて、正章は悪意の微笑を浮かべる。

「だって、あなたにとっての女の純潔など、価値のないものなのでしょう。鹿野子爵の邸での事件だって、あなたは大したことなどないという顔をしていたじゃありませんか。あなたの処女の証など、大したものではない。そうでしょう」

女の潔癖を、誇りを烈《はげ》しく傷つける男の放言に、怒りの焔が轟然《ごうぜん》と燃え上がる。けれどそれを面に表すことは、文子の誰よりも頑《かたく》なな矜持《きょうじ》が許さなかった。

「だからと言って進んで奪われたいものでもないわ。特に、どこかの下等な生き物にはね」

「ええ、俺だって特に欲しかったわけではないですよ。欲しいのはこれからです。あなたはもっと堕落しなくてはいけませんから」

　息を呑む。異常な言葉は際限がない。男の見ている先が摑めない。

（一体、この男はどこまで私を追いつめようとしているのか）

「ああ、しかしあの男。あなたに結婚を申し込むだなんて、なんて命知らずなんでしょう」

　文子はぎくりとして正章を凝然と見た。

「まさか、エドに何かするつもり」

「どうしましょうね。彼はなかなか諦めそうにありません。それこそ、一度地獄でも見ない限り」

「やめて!!」

　文子は叫んだ。

「相手はそこらのお坊ちゃんとは違うのよ。英吉利人なのよ。もしも国の問題にでも発展したらどうするの！」

「おや。さすが男だっただけはありますね。視野が広い」

「誤魔化さないで！」

　茶化そうとする正章を激しく遮る。

「お前自身がどんなに不品行な人物でも構わない。けれど、柳沢の家名を汚すようなことだけはよして」

「文子さん。あなたは何か勘違いをしているようだ」

仮面が剝がれ落ちるように、正章の端正な顔から表情が消える。

「今は俺がこの家の当主なんですよ。柳沢伯爵は俺なんですよ。俺の決めたことは絶対です。そうでしょう」

確かにそうだ。家長の言うことは絶対である。だからこそ、文子は男にならなければいけなかったのだ。

「俺の言うことに異を唱えることは許されません。あなたにはお仕置きが必要ですね」

「――――何でもするわ。だから、エドには何もしないで。柳沢の家を汚さないで」

「何でも、ですって」

突然、正章はけたたましく笑った。それは何かの動物の甲高い鳴き声に似ていた。

「あなたが！　女王様のようだったあなたが！　石ころの俺に！　犬の俺に！　そんなことを言う日が来るなんて！」

男はゲタゲタと腹を抱えて笑っている。ヒイヒイと苦しそうに喘ぎ、堪らずに床に転がって笑いながら暴れ始める。あまりにも長く笑い続ける主の狂態に、召使いたちが鼻白んだ顔で方々からこちらを窺《うかが》っている。

「ええ、そうよ！　おめでとう、お前の勝ちだわ！」

文子も高い声で笑い出す。二人の笑い声は邸全体を包み込み、混沌《こんとん》の底へ陥れる。柳沢家の兄妹は狂ってしまったのだと、使用人たちは戦々恐々《せんせんきょうきょう》としている。

（ああ、決まったわ。女である私の、生きる目的が決まったわ）

男であった頃は立派な男子となり、勉学に励み、家を継ぐことが文子に課せられた使命だった。文子はそれを従順に守って、それだけのために生きてきた。

女に戻されてから、文子は生きる目的を見失っていた。エドが窮屈と評した、つまらない女の義務を全うして生きることしか自分の使命はないのかと思われた。それが家のために尽くす唯一の道なのかと思われた。

けれど、ここに文子は発見したのである。女である己の生きる目的。それは、体を張ってでも、命を賭《と》してでも、この狂った男を操り、家名を守ることであった。

（決して、この怪物に柳沢家を食い荒らさせはしない。私はそのために女に戻ったのだ）

文子の新たな人生が、地獄の淵で産声を上げた。

陵辱

エドの訪問以来、文子《あやこ》の外出は禁じられた。

「あなたははしたない女だから、外へ出るとすぐに男を引っ掛けてきてしまいますからね」

そう言って文子を軟禁状態に置き、様々な身の回りの世話を文子にさせた。着替えや細々とした雑用など、普段ならば女中に言いつけるような些細《ささい》なことで文子を呼び出し、奉仕させた。ある夜は「葡萄酒《ぶどうしゅ》が飲みたくなりました」と言い、文子の乳房を寄せ上げさせ、その谷間を洋杯《コップ》の代わりにして、乳頭を指先で弄びながら意地汚く葡萄酒をすすった。慣れない爪切りをさせ、文子が失敗してそこに血が滲めば、その口で指をしゃぶらせた。

あらゆる屈辱に文子は耐えた。正章《まさあき》は新しい玩具を手に入れた子供のように浮かれて、言いなりになる文子を様々な状況で愉しんだ。

その間も、エドは柳沢家を訪問していた。常に門前払いをされて、なぜ会えないのかと抗議するエドの声を遠くに聞き、文子は耐え切れず耳を塞いだ。

（これも全て柳沢《やなぎさわ》家のため。あの自由な英吉利人《イギリス》を傷つけさせないため。あの男の暴走を防ぐため。そう、私がここにいる理由）

そう己に言い聞かせ、文子は心を鎮めた。文子には常に大義が必要だった。己の心情よりも、成すべき義務のことを考えた。そうすることで、やかましく騒ぐ個人的な感情は雲散霧消《うんさんむしょう》するように思えたのである。

「あなたはなんだか大人し過ぎて怖いな。何か企んでいるんですか」

ある日の夕刻、文子は正章の部屋で男に今夜のための夜会服を着せた後、その腕に捕らえられ肌を弄られていた。いつもの行事である。文子は男の煙草の匂いを、父の記憶をその羅紗《らしゃ》の背広に嗅ぎ、虚ろな人形のように大人しく男に玩弄されている。

「何も。言ったでしょう、何でもするって。お兄様の気が済むまで」

「俺の気は一生済みませんよ」

「なら、別にそれでもいいわ」

文子の体温のない声に、正章はにっこりと美しい笑みを見せた。そして黒檀《こくたん》の戸棚を開き、奥から大小の鈴の連なったものと、何かの小瓶を取り出した。それを見た途端、文子の頬が色をなくす。

「また——それを入れるの」

「ええ、そうですよ。あなたが俺の帰りを待ち侘びるようにするために」

正章はその鈴に香油のようなものを絡め、文子の脚を開かせ、玉門の奥へと押し込んでいく。文子は観念したように青白い瞼《まぶた》を閉じ、それらの鈴が奥へ奥へと進んでいくのを感じていた。

ひとつひとつはさほどの大きさもなく違和感もないが、文子が僅かに身動きをする度に、それらが体の奥でころんころんと涼やかな音色で鳴き、淫らな肉を微細に震わせるのである。それは大きな刺激ではないものの、それだけに、文子を静かにゆっくりと追いつめた。

「こんなことを続けていたら、頭がおかしくなりそう」

「大丈夫。とっくにおかしくなっていますから」

全て入れ終わると、正章は指先のぬめりを手巾《ハンカチ》で拭い、丁寧に文子の着物の裾を整えた。そして愛おしげにその頬を撫で、ちゅ、と音を立てて接吻すると、まるで恋人のように優しい抱擁をした。

「しばらくはこれで楽しんでいて下さい。帰って来てから、たっぷり可愛がってあげますね」

正章はここのところ毎晩のように夜会に出かけて行く。いくつもの会社に名前を貸したり、どこそこの商売に関わっていたりと忙しかった先代の伯爵もしょっちゅう方々へ出向いて行く日々ではあったが、文子は正章の行動ひとつひとつに何かよからぬ企みがあるのではないかと警戒してしまう。

文子は正章を玄関まで見送った後、下腹部の疼きに唇を噛みながら、庭に面した広間へ移動する。そこには時間の空いた頃にいつも腰掛けて読書をする籐《とう》椅子があり、文子は正章の不在の際にそこへ行って、夕食の時間まで微睡《まどろ》んでいることが多かった。

(出かける度にこんなものを入れられて――ここのところ、もう毎晩)

腰を下ろす瞬間にも、腹の奥で細かに揺れる鈴の感触を感じる。文子は固く目を瞑《つむ》り、傍らの卓子《テエブル》に頭を凭《もた》せかけた。じわじわとした快い熱っぽさが全身を包み、少しずつ甘やかな快楽が文子の頬を染めていく。

(頭の中が――そのことばかりになってしまう。まるで、商売女みたいに――全身の肉が、淫らに熱くなってしまう。ああ、こんなことでは――)

そのとき、窓を開け放した庭先に異質な気配が過《よぎ》る。文子はハッとして気怠《けだる》い体を起こした。

そして、そこに潜んでいた人物の顔を見て、危うくあっと大声を上げそうになる。

「エド——あなた、一体何をしているの」

そこにいたのは、紛れもなく、この邸に出入りを禁じられているエドであった。文子は驚いて、素早くあたりを見回した。使用人の気配はない。けれど、いつ見つかってしまうかわからないのだ。皆、当主にあの異人を敷地内に入れるなと厳命されている。ここにこの男がいることはつまり、彼らにとっても主の指示を裏切るという、由々しき事態なのである。

文子は慌てて人目につかぬようにと部屋の隅へエドを招き入れた。文子の動揺に反して、エドは生き生きとした少年のような目で嬉しそうに微笑んでいる。

「さっきあなたの兄さんが出かけたでしょう。だから、今しかないと思ったんです」

「だめよ。お願い、帰って」

「文子さん」

エドは唐突に文子を抱きしめた。甘く優しい香水の香りに包まれ、文子は束の間抵抗を忘れた。あの男以外に抱きしめられたことなど、ついぞなかった。男の腕とは、こんなにも優しく、頼もしいものであったのか。

「ああ、会いたかった。僕はやはりあなたを倫敦《ロンドン》へ連れて行きたい」

「エド」

「僕と一緒に駆け落ちしましょう。チャンスは今しかないのです。僕はあなたとこれきりにしたくはない。あなたのことをもっと知りたい。あなたと一緒に生きたいのです」

穏やかで力強い声に、文子の胸は熱く震えた。まるで夢を見ているような、現実感のないほどの感動だった。

(ああ――本当に、このままこの人と英吉利へ行けたなら。あの男から逃げられたなら)

しかし、それは不可能なことだった。あの狂った男をこの邸《やしき》に放置して、己だけ自由の身になるわけにはいかない。それはすなわち、文子がこの家を捨てるということであった。自分がこれまで命を賭《と》してでも守ろうと決めていたこの柳沢家を、この家に脈々と受け継がれて来た優雅な伝統を、灰燼《かいじん》に帰してしまうということであった。

「できないわ。エド、私――」

「やはり、こうなりましたか」

一瞬にして広間の空気が凍りつく。そこにいるはずのない存在が、さも当然のような顔をして腕を組み、柱に寄りかかっているのを見て、文子は咄嗟《とっさ》にエドを庇うようにその前に立った。

正章はそれを見て片眉を上げ、隠し切れない不快感に顔を顰《しか》める。

「主の留守中に雄猫を引っぱりこんで交尾しようとするなんて、ありきたりで退屈で愚かな雌猫ですね」

「ご心配なさらないで。ただの迷い猫ですから。今お帰り頂くところよ」

「文子さん！　どうしてです」

エドは文子の言葉に驚いたように声を上げた。

「ええ、僕は帰りますよ。けれど、あなたも連れて行きます」

「おや、とんだ泥棒猫だ」

勇敢なエドの態度を嘲《あざけ》るように、正章はおどけた調子で肩を竦めた。

「それじゃ、あなたに見せてあげましょうか。この雌猫があなたの思うような清らかな大和《やまと》撫子《なでしこ》なのかを。その上であなたがこれを欲しがると言うのなら、まあ考えてあげないこともありません」

瞬時に、文子はこの男が何を考えているのかを察した。

（この人でなしは、私をエドの前で辱めようとしている。エドが、私に失望するよう仕向けようとしている！）

尚も正章に対抗しようとしているエドの様子に、文子は震え上がった。このままでは、この男の思うつぼだ。

「エド、お願い、今は帰って！　私のためを思うのなら！」

「文子さん」

文子の切羽詰まった表情に、さすがに異変を感じ取ったのか、エドは口にしようとしていた言葉を呑み込んだようだった。

文子はいくら正章の前で痴態を演じようと、そのことに羞恥を覚える心などすでに持ち合わせていなかった。この男にはもう何もかもを曝け出しているし、男の何もかもを知っているのだ。これ以上醜く浅ましい様を見せたところで、失うものなど何もない。

けれど、エドはこの男とは対極の場所にいた。文子は、赤の他人に醜態を見られようとも、エドにだけは見られたくなかった。エドにだけは、柳沢文子という女の存在を、倫敦で目撃し、一目惚れをしたという、神秘的な姿そのときのままにしておいて貰いたかったのだ。

文子はこのとき、エドという存在を自分がどこか神聖視しているのだということを自覚した。

(この人は、柳沢文人が消えた、その最後の瞬間を見ていた。そして、柳沢文子が生まれた瞬間を)

そして、自分を追いかけて日本へとやって来た。しかも出会ってすぐに求婚の意思まで口にしたのだ。

文子は、ともすれば消えてしまいそうな、儚《はかな》い自分という存在を、自分というものの魂を、エドだけが知ってくれている気がした。性別などに頓着《とんちゃく》せず、この世にただ一人の自分という人間を、エドだけが認めてくれるような、そんな信仰にも似た感情が芽生えていた。

「――――わかりました。今は、退《ひ》きましょう」

エドは重々しく呟いた。

「けれど、僕は諦めませんから」

「そうですか？　まあ、好きになさって下さい」

エドがあっさりと背を向けたのに拍子抜けしたのか、正章は白けた顔でその後ろ姿を見送った。

エドの姿が視界から消えると、文子はホッとして肩の力を抜いた。当座の危険はしのいだ。後は、己を煮るなり焼くなりすればいい。そんな自堕落な気持ちで、文子は壁に寄りかかった。

「ずっと見張っていたの」

文子の問いかけに、男はつまらなそうに首を振った。

「いえ、別に。ただあの青年が邸に入ったら知らせるように言ってはおきましたがね」

「よく言うわ。エドがここへ侵入するのを待っていたくせに」

エドが文子の前に姿を現した途端、丁度《ちょうど》よく戻って来た正章の狡猾《こうかつ》な計画は、手に取るようによくわかる。

「エドの前で私を辱めて愉しむつもりだったんでしょう」

「おや、よくご存知ですね。さすがは俺の妹です」

「よして、汚らわしい」

「そんな口を利いていいんですか」

正章は大げさな仕草で、恭《うやうや》しく文子の頤《おとがい》を軽く持ち上げた。

「何でも俺の言うことを聞くと言ったでしょう」

「だから、聞いているじゃないの」

「いいえ、とんでもない。気づいていますか。あなたは大人しい振りをして、ずっと俺に反抗している」

文子は押し黙って兄を睨みつける。

「誰にでもわかりますよ。あなたの目が、唇が、その肌が、俺を拒絶している。それではいけません。あなたは全身で俺を欲しがらなくてはいけません」

「随分な言い草ね。これまで随分献身的に奉仕して来たと思うのだけれど、あなたはそれでもまだ足りないと言うのかしら」

「ええ、足りませんね。それどころか、不満ですらある」

男は鼻で嗤《わら》い、何もわかっていない幼子を見るような、哀れむような視線を文子へ向けた。

「俺はね、あなたが誰かに欲しがられているというだけで、もうどうしようもなく、無性に腹が立つんですよ。あなたを欲する者など存在してはいけない。なぜならあなたは俺のものですからね。人のものを欲しがるだなんて、強欲が過ぎるじゃありませんか」

「強欲なのは一体どなた」

「俺が欲しがっちゃいけませんか。今までずっとあなたに家畜同然の扱いをされても耐えて来たんです。そろそろいい目を見たっていいじゃありませんか」

男の欲望には底がなかった。怪物的なこの男の心は、一体自分がどこまで堕落すれば満足するのだろうと、文子は目の前が暗くなっていくような錯覚を覚えた。足下にはどろりとした黒い洞穴が口を開けている。男はそこへ飛び込めと言っている。けれどその深淵はどこまでも続くようで、恐らくどこまで落ちていっても、ただそこには無明《むみょう》の闇が広がるばかりなのだ。

男は夜会服の襟を正し、一筋こめかみに垂れた髪を後ろへ撫で付けた。表情には執行者の厳しさと、支配者の愉悦が漂っている。その堂々とした姿は精悍《せいかん》で美しく、それだけに文子の目には怪物じみて映った。

「さて、お仕置きの時間にしましょうか。そうだ、これまでの非礼も詫びてもらわないといけませんね」

正章はそのまま文子を邸の外へと連れ出した。文子の手を取り、ゆっくりと裏庭を通って行くその道のりに、文子の背には冷や汗が浮かぶ。

(まさか――あの厩《うまや》で)

はたして、文子の予感は的中した。

「懐かしいですね。あなたはここで、俺に何をしたんですっけ」

二人の長い影が薄く埃《ほこり》の積もった床に伸びる。乾草《ほしくさ》と黴《かび》の臭い。薄暗い厩に蘇る、主と下男として過ごした、奇怪な日々。

「忘れてしまいましたか。それでは、再現してあげましょう」

「いや――やめて」

本能的にこぼれた文子の弱さに笑みを浮かべながら、男は文子の帯を解き、着物を剝いだ。宵闇の中に浮かび上がる文子の白い裸体を、小屋の傍らでとぐろを巻いていた荒縄を使い、肉がせり出すほどきつく縛り上げる。そのまま立った姿勢で柱に括《くく》り付けられ、文子は英吉利にいた頃に見た古い本の魔女裁判の様子を思い出した。でたらめな拷問の果てに、魔女として柱に縛られ、足下の藁《わら》に火をつけられ、焼き殺されていく女たち。

（私も同じ目にあうのだ。この男の狂気に焼かれて、この先も尽きぬその焔《ほのお》に、私は永遠に焼かれ続けるのだ）

「確かあなたは、俺をこの鞭で叩いたのでしたね」

男の手には、いつの間にかかつて文子が愛用していた乗馬用の鞭が握られている。恐らく、この厩で意趣返しをしようと企んでいたのはずっと以前からのことだったに違いない。

鞭の先で、男は文子の首を撫でた。鎖骨からむっちりとした乳房、なだらかな腹部、そして淡い草叢《くさむら》に守られた柔らかな秘部——文子は恐怖に喘いだ。あのときのように、自分のしたように、敏感な部分をこの鞭で叩かれたら——そう思うと、細かな震えが止まらなくなってしまう。

男は文子の怯えを見て、にっこりと柔和に微笑む。

「けれど俺は、あなたのこの美しい肌に、そんな残酷なことをしようとは思いませんよ。俺はあなたよりもずっと優しいですからね」

「優しいのなら、この縄を解いて」

「それでは仕置きになりません」

正章は鞭をしならせながら、縛られた文子の周りをゆっくりと歩く。

「さて、この鞭で叩けないともなると、どうやってあなたを懲らしめましょうか」

鞭が手の平を打つ、小さく乾いた音が、文子の右を通り過ぎ、左を回る。正章はふんふんと鼻歌を歌いながら、いかにも楽しげに文子を苦しめる方法を考えている。

「そうだ、あなたの中にはいつもの置き土産があったのでしたね」

あっといいことを思いついた、というように、正章は目を輝かせ、鞭を振った。

「それを鳴らして下さい」

「――――なんですって」

耳を疑う。鬱血するほどにきつく縛られたこの体勢では、指一つ動かすことができないのだ。それなのに、腰の奥深くに埋まった小さな鈴を鳴らせとは、無理難題にもほどがある。

「できるわけがないじゃないの」

「できますよ。あなたは何度俺に抱かれましたか。そんな清らかな処女のようなことを言うのはやめて下さい」

せせら笑う声に、文子は奥歯を噛み締める。処女であった頃から己が清らかなどではないことは自分がよく知っている。正章は遠回しにそれを揶揄《やゆ》したのだ。

「それを鳴らせないのなら、あなたはずっとこのままですよ」

男の言葉が本気なのだということは、よくわかっている。文子が己の意に添わぬのだと見れば、ここに一晩放置することなど平気だろう。もしも、それを誰かに見られたら――たとえば、ここでかつての文子が正章を虐《しいた》げた事実を知っている、あの下男たちに。それを想像するだけで、文子の誇りは耐え切れないと悲鳴を上げた。この男にどれだけ辱められようとも、どんなに無茶なことを要求されようとも、この姿を他の誰かに見られることだけは、我慢ならない。

「どうやって、中を――動かせば」

「簡単ですよ。あなたはいつもやっているじゃありませんか。感じればいいんです。そうすれば、勝手に動きますよ」

「感じる、って」

僅かに身じろぎをしようとするだけで、ぎし、と乾いた音が鳴り、荒縄が文子のきめ細やかな皮膚に遠慮なく食い込んでくる。こんな状態で、快感を覚えろとは、到底無理な話だった。

「どうしましたか。全然音が聞こえませんよ」

苦悶する文子の頰を、男はからかうようにぺちぺちと鞭の腹で叩く。

「手伝いが、必要ですか」

ぎくりとして男を見上げた。男は燃えるような目で文子を凝視している。

文子が返事をする前に、男の唇が文子の吐息を奪った。柔らかく唇を啄《ついば》み、丁寧に歯列をなぞり、熱い掠れた息を漏らして、男は文子の口に深く食らいついた。

その接吻は今までにないほど甘く、官能的なものだった。

（あ、いや――――こんな接吻では――――）

濡れた呼吸に鼻孔がひくつく。男の見た目よりも豊かで柔らかな唇がぴったりと花びらのように合わさり、肉厚な舌に口内をねっとりと這い回られれば、それはすでに単なる接吻というよりも、情事そのもののような蠱惑的《こわくてき》な陶酔を文子に与えた。何度も角度を変えて深く吸われて、次第に文子はゆっくりと法悦境《ほうえつきょう》に滑り落ちていく。男の欲情した体臭が靄《もや》のように文子の肌を濡らし、肺に満ちる。それは、夜毎《よごと》の快楽を文子の肉体に蘇らせた。

ふいに、遠くに、何かの澄んだ涼やかな音が聞こえたような気がした。

「ああ、今、鳴りましたね」

男の囁《ささや》きに、文子は夢から覚めたようにハッとして、息を吞んだ。

「驚きました。まさか、接吻だけであなたが感じてしまうなんて」

男は文子の耳元で優しく囁いた。その感触にゾクリとして、また文子の感覚を訴えるように、腹の奥でりん、と鈴が鳴る。

「あはは。鈴が返事をしました。面白いですね」

あまりの恥辱に、全身が燃えるようだった。無意識なのだ。動かそうなどと思ってはいないのだ。けれど、男に快楽を教え込まれたこの肉体は、文子の意思に反して、その淫らな肉を揺すって悦んでしまうのだ。

(私は、いつの間にか——こんなにも汚れていた。元より清らかなどと思ってはいないけれど——ああ、こんな鈴の音色に己の堕落を教えられるだなんて)

男は楽しげに笑っている。新たな玩具の使い道を発見して、有頂天になっている。

「これはいい機会ですね。あなたはどこが感じるのか、このまま実験してみましょうか」

「い、いや——もう、鳴ったじゃないの。約束でしょう、縄を解いて!」

「ええ、解いて上げますよ。俺が満足した後にね」

言いざま、男は文子の乳房を両の手で包み込むように揉んだ。柔らかな肌に食い込んだ指の熱さに、文子は唇を噛んだ。腹の鈴が嬉しそうに鳴った。

「あはは、鳴った、鳴った! ああ、面白いですねえ」

男は幼子のようにキャッキャとはしゃいだ。色々なことを試したがって、あちこちを触ったり、揉んだり、つねったりして、鈴が鳴る度に飽きもせず男は喜んだ。鞭をうち振って、文子の周りを踊り回って、道化者のように飛んだり跳ねたりした。

文子は精神的にも肉体的にも疲労困憊《ひろうこんぱい》して、ぐったりと項垂《うなだ》れた。晩春の生温い夜の空気に晒され、雪白の肌にじっとりと浮いた汗は仄白《ほのじろ》い月明かりに蒼く輝いている。その皮膚の上には、野蛮な男の手の痕跡がいくつも赤く浮いていた。翻弄され、体の奥に燻《くすぶ》った快感の熾火《おきび》は、緩やかに文子を煽り、苦しめていた。

「文子さん。苦しいですか？　切ないですか？」

正章はさも同情するような顔つきで、文子の丸い頬を舐めた。

「脚の縄だけを、解いて上げましょうか？　そうしたら、あなたの大好きなアレを入れてあげますから」

反射的に、ごくりと喉が鳴る。腹の鈴が微かにりりんと鳴く。

「ふふ、こちらの方があなたの口よりもよほど素直ですね」

正章は喉の奥で嗤い、文子の下肢を縛《いまし》めていた縄を解いた。片脚を持ち上げると、にちゃ、と粘ついた音がして、潤んだ玉門が濡れた花びらを開く。愛液はいつの間にかその内股全体を濡らし、膝の下にまで滴っていた。

「ああ、こんなに漏れて。随分と辛かったでしょうね。今ご褒美をあげますからね」

男の声に、文子は息が荒くなるのを抑えられない。微細な鈴の動きにいじめられていたそこを、ようやく男のもので直接刺激してもらえるのだ。そう思うと、甘やかな期待に全身が火照って、いよいよ生々しい欲望が膨らみ、堰《せき》を切って溢れ出しそうになった。

しかし、次の瞬間文子を穿《うが》ったものは、体温を持った男のものではなかった。男は手に持っていた鞭の柄を、奥に鈴を呑み込んだままのそこへ突き立てたのである。

「あっ、あ――――い、いやあっ」

「どうしてです。あなたはこれが大好きでしょう。この鞭で、俺を散々に叩いたのですから。叩きながら、あなたは興奮していたじゃありませんか。あはは」

男は笑いながら激しく鞭を抜き差しし、揺り動かした。ごろごろと奥で暴れ回る鈴の感触と、固い無機質な鞭の柄の責めに、文子は動揺して身悶えた。

「ああっ、いや、そ、そんなもので、あ、ああっ、ひぃああ」

「嫌じゃないでしょう。すごい音がしていますよ。あなたはこんなものでも感じてしまうんですね。ああ、なんて淫らな人だ。はは、救いようがありませんね」

ぐちゃぐちゃじゅぽじゅぽとしとどに濡れた音が響く。抱え上げられた脚が痙攣を起こしたように震え、腹の奥でりんりんと鈴が間断なく鳴き喚く。

（ああ、こんな鞭なんかで。この男を叩いたこの鞭で、犯されるだなんて）

倒錯的な興奮に、文子はのぼせ上がった。ごりごりと奥で転げる鈴の感触が堪らない。蕩けた粘膜を擦り上げる、固い鞭の柄の感触が堪らない。

ギリギリまで追い上げられていた文子の体は、挿入の刺激にすぐに忘我の境へと追い上げられる。子宮口を抉《えぐ》る二つの鈴。蜜に絡まり激しい音を立てて抜き差しされるかつて愛用した鞭。文子の耳を犯す、悪夢のような鈴の音――。

「ひっ、ひぃ、あ、あああ――」

紅蓮の花が、蜜をしぶいて瑞々しい花弁を広げる。立て続けに蠕動《ぜんどう》する蜜壺の狭間をすり抜け、濡れた鈴が落ち、美しい音色が琳琅《りんろう》と響き渡る。

「おや、もう達してしまったんですか。ああ、鈴が落ちてしまった。あんまり気持ちがよくて、すっかり緩んでしまったんですね」

仰《あお》のいた文子の耳には、何も聞こえて来なかった。ただようやくもたらされた絶頂の旨味を反芻《はんすう》し、そしてくったりと全身を弛緩させた。汗に濡れた芳醇《ほうじゅん》な肌が、快楽の余韻に大きく息づいていた。男は濡れた鞭の柄を舐めながら、悩ましい目つきで放心した文子を見つめた。

「ああ、こうして遊んでいると、思い出します。あなたは、俺を縛ったままここに放置して、俺はあの女に犯されて――あなたはそれを、厩の外で見たのでしたね」

次第に意識が戻り、文子は男の言葉のままにかつての記憶を蘇らせる。

「あなたはひどい顔色で逃げ出したそうだけれど――あれはやはり、衝撃的だったからなのでしょう？　あなたは俺を憎んでいたけれど、それだけ執着もしていたから、他の女に俺が犯されているのを見て、嫌悪を覚えたのでしょう？」

汗に濡れて頬に張り付いた髪の毛を除けてやりながら、男は文子の虚ろな目を覗き込む。

「やはり、己が欲しているものを目の前で蹂躙《じゅうりん》されるのは、悔しいものですよね。さすがの俺でも、そんな感覚だけは味わいたくないと思いますよ。だから、俺はあなたを俺以外の誰にも触れさせたくはないんです」

その声は、まるで文子だけにではなく、周囲に群がる聴衆に聞かせようとでもするような朗々とした響きを帯びていた。ふと怪訝に思った文子の脳裏に、恐ろしい直感がひらめいた。

男は地面に落ちた鈴を拾い上げた。

「この鈴は、思い出の品に差し上げましょうかね」

（まさか――）

「おい、連れて来なさい」

厩の入り口の陰から現れたのは、かつて文子と一緒になって正章をなぶりものにしたあの下男。そして、その男が突き出したのは、金髪の青年である。

その蒼白の頬を見た瞬間、文子は細い悲鳴を上げて、意識を失った。視界が暗くなっていく刹那、耳に残ったのはいつまでも続くような、黒々とした悪魔の哄笑《こうしょう》だった。

＊＊＊

「全体、何であなたに文子を閉じ込める権利があるんです！」

麗《うら》らかな初夏の午後、食堂では珠子《たまこ》の興奮し切った声が響いている。

「風邪も引いていやしないし、顔色だって悪くはないのに、どうして少しでも連れ出しちゃいけないいんですの。少し銀座へ行って、お買い物でもして、お芝居でも見て、夕食をとって帰って来るというだけのことじゃありませんか！」

食後の紅茶を飲み、マドレエヌをつまみながら、正章は珠子の剣幕を逆なでするように超然とした様子で肩をすくめている。

「珠子さん。文子さんのことは、一緒に暮らしている私がいちばんよく知っていますよ。彼女はここのところすぐに体を壊してしまうんです。病は気からと言いますから、私は心の方が弱っているんじゃないかと思うんですが」

「また、そんなでたらめを！」

　珠子は怒りに声を震わせた。全体、この二番目の姉は激しやすい性格だが、こと正章を相手にすると、俄然対抗意識か何かのようなものがわいて来るらしく、冷静に会話したことすらないのではないかと思える有様である。

「大体、先に姉様が活動写真へ誘いに来たときも、あなたは追い返したって言うじゃありませんか！」

「いいの、珠子姉様。私、本当にどこへも行く気がしなくって」

　どこかこもったような声で文子が姉をたしなめると、きりりとつり上がっていた珠子の眉が急に優しくなる。どこか媚《こび》を売るような声で、椅子に座った文子の側へ寄り、その顔を覗き込む。

「文子。一体どうしたのよ。あなた、もっと活発な子だったじゃないの。無理にそう言わされているんでしょう。ね、そうなんでしょ」

「珠子さん」

　ヤレヤレといった調子で、正章は煙草に火をつける。

「いつまでも私を悪者のように言うのは、いい加減よしてくれませんか」

「何ですって。そもそも、あなたが万事につけて頼りないからじゃありませんか」

珠子の声が再び険しく、刺々しくなる。それをまああと煙草を指に挟んだ手で押さえるような仕草をして、正章は弁解する。

「もちろん、まだまだ勉強不足なのはわかっています。ですから、毎日懸命に努力をしているつもりです」

「フン、どうだか」

珠子は、文子がそう思っていたのと同じように、これまで下男だったこの男が柳沢家の当主になったのがとことん気に入らない。恐らく、一族の者全員がそう思っているだろう。しかし、前伯爵が近しい者にこの男を跡継ぎにと伝え、遺言書にまでしたためてしまっては、もはや外野は異を唱えることができないのである。

正章自身に引け目があるのかどうかはわからないが、少なくとも自分が家長である以上、全ての決定権は自分にあると知っている強みからか、常に攻撃的な珠子の主張も、余裕で受け流すことができるのだ。

「文子さんには特殊な事情があるじゃありませんか。私にも責任はありますが、前伯爵によって、随分と変わった生活をさせられていたんですから、心が不安定になっても無理はありません。無理に連れ出すのはあまりよろしくないかと」

「無理にだなんて！」

「それに、あんな事件もあったことですし」

その一言で、珠子は黙らざるを得なくなる。その現場は、彼女自身も目撃していたからだ。

あの夜は正章を槍玉に挙げて責めていたものの、珠子自身自分を責め、文子から目を離したことを悔いていた。

「あなたの仰《おつしや》りたいことはわかったわ。今回は文子自身も出たくないと言っているし――今日は諦めますけれど、また今度誘いに来ますからね。病は気からと仰るなら、邸の中にずっと引きこもっていることは文子のためにもなりませんわ」

「ええ、仰る通りです。私も文子さんの様子を見て、その内どこかへ静養に連れて行くつもりでしたよ」

その言葉を聞いて少しは安心したのか、長々とねばっていた珠子がようやく帰った。文子はほっと安堵の息を落とす。

「やれやれ、うるさいのがやっと帰りましたね」

珠子の乗った自動車の出ていく音が聞こえた途端、正章は傲岸な調子で吐き捨てる。

文子が何でも言うことを聞くと正章の前に膝を折ってから、誰に対してもこの調子である。親族が来てもなんやかんやと理由をつけて追い返し、エドなどにいたっては、何度も来ているのに邸に入ることも許さずに門前払いである。

（ああ、エド――――）

文子はかの青年のことを思い出す度に、どうしようもなく絶望する。エドは、あんな文子の姿を見せつけられたというのに、それでも柳沢家を訪問するのをやめない。無理矢理塀《へい》を越えようとしたのを発見され叩き出されたのも、一度や二度ではない様子である。

エドはあの鈴をどうしたのだろうか。何を思って、未だにここへ通い続けているのだろうか。

文子の目はしっとりと涙に濡れた。あの青年のことは考えたくなかった。何も考えずに、全てを手放してこの男に陵辱されている方が、よほど楽だった。

（野蛮で、恐ろしく頭の回る男――――私は今、男の望んだ通りに、男に抱かれるのを欲している。考える余裕もないほど、犯されるのを望んでいる）

文子は震える己の指を握りしめる。ああ、欲しい。早く欲しい――――。

「あなたも強引に連れ出されなくてよかったでしょう。お買い物の最中に、喘いでしまっては恥ずかしいですからね」

大人しく座っている文子をニヤニヤと眺める男の視線に、文子の体は燃えるように熱くなる。

「クスリも効いてきましたか？」

「は、早く、これを取って」

「せっかちですね。では、あなたの部屋へ行きましょうか」

正章は煙草を揉み消して席を立つ。文子も立ち上がったが、あっと声を上げてよろめいた。

「大丈夫ですか」

素早い動きで側へ来てその体を支える男の腕に、文子は震える手でしがみついた。

「歩けない――歩けないわ」

「ああ、そうですか。仕方がないですね」

正章は軽々と文子を抱きかかえ、食堂を出た。文子の頬は火照り、瞼《まぶた》は薄く痙攣している。それを発熱かと見た女中が、お薬をお持ちしましょうかと言うのを、しばらく休ませる、それから様子を見ようと言って断った。

文子の部屋へ到着すると、正章は扉に鍵をかけ、文子をゆっくりと床に下ろした。

「ああ、早く、とって！　お願い」

「ふふ。あなたにそう言われるのも悪い気分じゃありませんね。ああ、そうだ」

正章は何かを思いついたように、卓子《テエブル》の前にある椅子へ歩み寄り、どっかりと腰を下ろす。

「そういえば、かつてここに座ったあなたのあそこを舐めてあげたんでしたね」

文子はさすがに羞恥に体を震わせ、顔を俯けた。

「あなたも舐めて下さい。俺が丹念に舐めて差し上げたのと、同じように」

「そんな――」

「上手にできたら、それをとって差し上げますから」

少しの逡巡《しゅんじゅん》の後、文子はよろよろと正章の元へ歩み寄り、その場で膝を折った。

尊大に股を開いた男のズボンの前を開き、まだ萎《な》えている陰茎を取り出し、ごくりと唾を飲む。下の口では散々咥《くわ》え込んでいるけれど、上の口ではまだ未経験であった。どうすればいいのかもよくわからない。

「どうしましたか。早くしゃぶって下さい。美味しそうに」

促され、文子は覚悟を決めて男性器を頬張る。男の汗と尿の臭いが鼻を突き、文子は顔をしかめた。しかし、ここでやめさせては貰えないこともわかっているので、必死で舌を使い始める。

「ああ、もしかして尺八は初めてでしたか。文子様ともあろう方が、へたくそですね」

嘲りの声に涙が滲む。しかし、下手と言う割りに、文子がそれを口に入れた時点で、正章の男根は反応を見せている。

「いいですか。少し大きくなったら、指も使って下さいね。あなたは根元まで喉に入れることはできないでしょうから、口に入れられない部分を指を輪っかにして擦って下さい。そう————そうです」

ぐんぐんと質量を増していくそれを懸命にしゃぶりながら、文子は言われた通りに根元を指で扱《しご》く。指の回り切らない太さに、無意識に下腹部が熱くなる。同時に中が蠢《うごめ》いてしまい、今文子を責め苛《さいな》んでいるものの形を如実に感じ、甘い息がこぼれた。

「もう片方の手で袋も弄って下さい。優しく刺激するように。先端のくびれの下も感じますよ。できるなら喉の奥まで入れてみて下さい。初めてでは苦しいだろうが————慣れが必要ですからね」

懇切丁寧に教えつつ、その通りに実践していく文子の懸命さに、正章のものはすでに反り返り、太い脈を浮き立たせている。あまりに大きいので文子は口を開けて咥えるのも苦しさを覚えるが、こんなにもずっしりとしたものをいつも腹に咥え込んでいるのかと思うと、次第に酩酊《めいてい》したように男の味に耽溺《たんでき》し、奉仕する動きも熱心になっていく。

「はあ、ああ、あなたは、初めてだっていうのに、すごいですね。どんどん上手になります。ああ、なんだかもう、出てしまいそうですよ」

男の言葉も耳に入っていない様子で、文子は無意識の内に腰を揺すりながら、男根を頬張っている。溢れ出る先走りを啜り、先端のくぼみを舌先で抉り、亀頭の大きく張り出した傘の部分の感触を楽しむように何度も唇で擦り、裏筋を舐め、指先でくすぐるように濃密な草叢を探り、袋を優しく揉み、しまいには喉の奥まで呑み込んで、噎《む》せ返ることを繰り返しながらも、最奥の粘膜で先端を擦るような手管まで使い、男に奉仕している。

（ああ、私は、いつもこんなもので犯されていたんだ。ああ、こんなに太くて長いもので。こんなに固くて熱いもので）

媚薬を塗り込んだずいきを呑み込んだ文子の媚肉が痙攣する。クスリで一層敏感になった粘膜が、勝手にずいきを中で前後させ深い悦楽に落ちていく。

「くっ、はあっ、はあっ、ああ、もう、出ます、文子さん！　出ますから、もう」

反射的に文子を引きはがそうとした正章の手に逆らって、文子は夢中になって男根を喉の奥まで呑み込み、それが自分の奥を穿つことを夢想して、うっとりと最奥の粘膜で擦り立てた。

（ああ、これが欲しい。早く欲しい。中をこれでいっぱいにして、奥をたくさん突いて──）

子宮が痙攣《けいれん》する。上り詰める。視界に星々が瞬《またた》く。

熱い波が迸《ほとばし》り、潮が押し寄せる。悦楽の蕾が甘露をまき散らし、大輪の花を咲かせる。文子は陶然として、小さく呻き、一人で絶頂に飛んだ。

「あっ、ああ」

それに続くように男は果てた。突然濃厚な精液を喉の奥に注ぎ込まれ、文子はさすがに驚いて口を離し噎《む》せたが、ほとんど飲み込んでしまった。ねっとりとした感触が胸を這い落ちる。その感覚にすら、文子は恍惚とした。

「ああ、文子さん。大丈夫ですか」

「ええ――――別に、平気、だけれど」

達した余韻に浸りながら、唇に垂れた精液を舐めとる。味はよくわからない。生臭いような臭いがして、文子はぼんやりと、この男の精液を飲んでしまった、と実感した。

「本当に、あなたはなんて人なんだ」

正章はたまらないというように文子を抱き上げ、強く抱きしめ、口を吸った。精液の残る口内を舐め、舌を絡め、何度も深く接吻されて、文子の中の疼くような焔《ほのお》がもどかしげに身もだえる。

「早く、早くこれを」

「ええ。わかっていますよ。約束ですからね」

正章は再び文子を抱きかかえ、姿見の位置を変え、寝台の縁に腰を下ろした。

「さあ、どうなっているのか、見てみましょうか」

文子を背中から抱きかかえ、着物の裾を捲《まく》り上げ、脚を開かせる。

最初はどうしてこの格好なのかと思った文子だが、目の前の姿見に己の秘部が晒されているのを見て、かっと体中の血管が沸き立つような感覚を覚えた。

「い、いや、こんなの——見たくない」

「いいじゃないですか。あなたも、自分のここがどうなっているのか、見たことがないんでしょう？　きっと興奮しますよ」

男は文子の濡れそぼつそこに手を伸ばし、深々と埋まった玩具をずろりと引きずり出す。

「んううっ」

「おやおや、こんなにぐしょぐしょに濡れて。すごいですね。もしかして、俺のをしゃぶっている最中にいってしまいましたか？」

男は楽しげに文子をからかいながら、遊ぶようにずいきを出し入れしている。

「はあ、ああ、やめてえ」

姿見に映る文子のそこは、蜜に塗《まみ》れてらてらと光っている。自分が想像するよりも色素が色濃く沈着し、生々しい赤みを帯びた花びらは、ずいきが差し込まれれば柔らかくそれを呑み込み、引き出されれば花びらが捲れ返って赤い粘膜を露出し、まるで何かの生き物のように蠢いている。

(なんて、おぞましいの。私の体に、こんな、いやらしい色の、何かの軟体動物のような場所があるなんて)

文子は驚き、また同時に興奮した。自分は、こんな醜い場所を、この男に舐めさせていたのだ。そしてまた、この男は、こんな場所を、股間を膨らませながら夢中で舐めていたのだ。

「また蜜が溢れていますね。やはり自分の体を見ていると気持ちが高ぶるでしょう」

「あっ」

胸元から手を突っ込まれ、乳頭を揉まれる。きゅうんと甘い悦楽が走り、文子は鏡の中の花びらが蠢くのを見た。ずいきを出し入れする動きも忙しなくなり、くちゃくちゃじゅぼじゅぼと露骨な水音が響く。

先ほどから正章はずいきを深くまで入れずに、へその裏あたりのある一点ばかりを刺激している。そこを擦られる度に、尿意のようなものが駆け抜け、文子は焦りを感じていやいやと首を振った。

「ああ、そこは、いや、そんなに、何度も」

「いいんでしょう。何か出したくなってくるでしょう」

男は文子の焦りを知ってか知らずか、更にそこばかりを擦り立てる。

「い、いやあっ。も、漏らしてしまうから、だめ」

「いいんですよ、漏らしても」

「そんなの、だめっ」

「俺がいいと言ったら、いいんですよ。そら、出してしまいなさい。そら、そら！」

男の手の動きが激しくなる。文子は追いつめられたようにどっと冷や汗をかき、その感覚に耐えようとした。しかし、あまりにも執拗《しつよう》に責め立てられ、とうとう観念して堪えていた力を抜いた。

「あっ、ああ――」

ビュビュッと透明な液体が飛沫《しぶき》を上げた。それは姿見の方まで飛び、鏡を濡らす。

「ああ、随分噴きましたね。まるで鯨《くじら》のようですね」

文子は呆然として姿見にかかったその液体を見ていた。お小水ではないようだ。では、一体これは何なのだろう。

「さて。今日もあなたは色々と俺の命令に従ってくれましたから、ご褒美をあげましょうね」

男はずいきを引き抜き、その辺へ打《う》っ棄《ちゃ》った。

「さあ、俺のものが入るのも、見ていて下さいね」

男は再び隆々と勃起したものを、膝裏に手を入れて抱え上げた文子の、先ほど散々いじめられた入り口へあてがった。

その絵面を見ただけで、文子は腹の奥から愛液が漏れるのを感じた。ずいきとは比べ物にならないほどの大きさのものが、小さな花びらの中心へ、今まさに押し込まれようとしている。

「は、あ、あぁ」

ぐっと太い先端がめり込む。花びらがつられて押し込まれ、引き裂かれそうな感覚に、熱い痺れが文子の四肢の先端まで電流のように走る。

「ひい、は、あ」

ぐち、と鈍い音を立てて先端が埋まると、男は文子の体を下へ下へと落としていく。太い幹が見る見る内にずぶずぶと文子の中へ呑み込まれていく。

「あああ、ああ」

焦らされていた粘膜が容赦なく捲り上げられ、狂喜して太い男根を食い締める。ずん、と奥に当たる感覚があった。しかし、姿見に映る男根は、まだ全てを中に収めていない。

男が力を抜き、文子の体が完全に下へ落ちると、恐ろしいほどの圧力で、ぐうっと子宮口が押し上げられるのがわかった。

「ひっ、ひいっ、あ、あ」

「ああ。これで全て入りました。見ながら入れると、体も敏感になるでしょう。どうですか」

文子は口をはくはくとさせたまま、答えられなかった。あんなにも大きなものが全て腹の中に収まってしまったことが信じられない。指の回り切らなかった太さのものが、文子のそこを目一杯に拡げて、ずっぷりと奥まで押し込まれているのだ。

「はあ、ああ、中が動いています。ああ、俺も我慢できない」

「ひいっ――――ひああああ」

男は文子を亀頭の傘が引っかかるほどまで持ち上げ、そしてずどんと一気に落とすことを繰り返し始めた。しかも、自らも腰を突き上げ、奥深くまで抉り込むのだ。ひっきりなしにどかどかと奥を穿たれ、文子の目にはもはや姿見すらも映らなくなった。

「ああっ、いいっ、いい！　ああ、いくぅ、いくっ」

白い閃光が弾ける。皮膚の下の血管が膨らみ、全身の毛穴から汗を噴く。腹の奥から間欠泉のように熱い快感の迸りが溢れ、大きく痙攣する。

「くっ、ああ、はぁ、はぁ、すごい。ああ、あなたは、本当に、俺のこれが好きなんですね。ねえ、そうでしょう、好きと言ってご覧なさい」

「ひい、ひい、好きぃ、はあ、あ、あぁ、いいっ、いいよぉ」

腹の中の男が一層大きくぐっと強張る。文子は束髪を乱して狂乱する。鏡の中の女は汗で黒髪を頰に張り付かせ、恐ろしく淫らな白い肌を震わせている。赤い唇から唾液が垂れ、あどけない少女の顔立ちはたちまち男の旨味を知る女に変貌する。燃えるような大輪の牡《ぼ》丹《たん》が快楽の潮流に呑まれ、激しく波間に揉まれている。忘我の淵に落ちた文子の顔はうっとりとした微笑みを浮かべ、その艶やかな肌は壮絶な女の色香を放っている。

「ああ、もう、たまらない、いきます、いきますよ」

男は激しく文子の体を揺する。嵐のように揺さぶられ、文子は狂ったように髪を振り乱して身もだえた。

「あああっ！　来るっ、また、あ、あああ」

「うっ！」

「んううう――――っ」

文子が白い喉を仰け反らせて何度目かの絶頂に達したとき、男も大きく胴震いし、姿見に向かって夥《おびただ》しい精液を吐き出した。

「ああ、ああ」

文子は恍惚としたうめき声を漏らし、ぱっくりと口を開けたままのそこから、ごぽりと多量の愛液を漏らした。ふわりと浮いたような肉体の感覚は、乳色の靄のけぶるような極楽をさまよっている。永遠に続くような、淫らな桃源郷に文子はいた。

それから、男は寝台の上でまた文子を抱いた。文子は媚薬のためか、普段口にしないようなことも口走り、男を喜ばせた。理性の蕩けてしまった文子はさながら狂い咲きの妖華のようで、欲望の底が見えなかった。

立て続けに絶頂に飛び、ようやく燃え上がる火が鎮まって来たのか、ぐったりと男の胸にしなだれかかる文子からは、普段の女王様のような気配は消え失せ、別人のように大人しい従順で可憐な娘に見えた。全てを放棄して肉欲に耽《ふけ》ることをよしとしてからの文子は、これまでのような反抗的な態度は微塵《みじん》も見せることがなかった。

そのことが正章の気を良くしたのか、ふいに男は旅行の提案をした。

「あのときは珠子さんを追い返すための方便に使いましたが、確かに、閉じ込めていてばかりでは可哀想です。少しどこかへ行きましょうか」

「え、どこかって」

「そうですね。避暑地や静養地でいけば、たとえば箱根《はこね》なんかはどうですか」

箱根、と呟き、文子は微笑みを浮かべて頷く。そのあどけなさに、男はこみ上げる愛おしさを噛み締め、少女の丸い滑らかな頬に接吻した。

「箱根は初めてですか?」

「いいえ。以前、家族で何度か。富士屋《ふじや》ホテルに」

「ああ、素敵ですね。そこでもいいんですが――じゃあ、今回は俺の知っている旅館へ行きましょう」

媚薬の効果も抜け、興奮の冷めて来た文子は、この男が何を自分に頬を寄せて幸福そうに旅行の算段など立てているのかと、不思議に思った。体液に汚された姿見やかき乱された敷布、至る所から立ち上る情事の匂いに、文子は澱《よど》んだ目を向けた。

(これが私の役割――これが私の存在の意味)

そう己に繰り返し言い聞かせ、にわかに込み上げかけた屈辱を、意識の外へ追いやった。

＊＊＊

二人はさながら新婚旅行のように、供を連れず、二人きりで寄り添うように出かけていった。汽車に乗り、駅からは自動車で、旅館へ向かった。

到着した旅館は古めかしく鄙《ひな》びていたものの、案内された部屋は十畳に八畳の次の間がある豪華な和室で、立派な露天風呂もついていた。

「食事の前に早速温泉に入りましょうか」

正章の提案で二人は部屋に着いてすぐ露天風呂に入ることにした。

外へ出ると、初夏の頃にしてはいっそ寒いほどの涼風が文子の肌を凍えさせる。

「寒いわ」

「早く湯船に浸かるといい」

桶で熱い湯をすくい身を清めてから、文子はいそいそと湯船に身を沈めた。

肌が温められ、血管が膨らみ、心地よさにほうと息をつく。外には美しい緑の若葉が生い茂り、どこかに清水が流れているのか、玲瓏《れいろう》とした涼しげな音が耳に快い。

文子は湯船の中でいっぱいに四肢を伸ばし、青い空の下、開放的な気分になって、熱い湯を掻き分けて人魚のように身をくねらせた。

着物を脱いで裸身になった文子の肉体は、以前よりもさらに女らしさが増している。日常的に行っていた鍛錬《たんれん》をやめたためか、どこか少年のようだった固く引き締まった肉体は優しい丸みを帯び、薔薇《ばら》の花弁のようなしっとりとした艶を含んでいる。むっちりとした乳房はより重たげになり、少し大きくなった乳首はつんと上を向き、全身が若々しい溌剌《はつらつ》とした美しさと、悦楽の味を知った女の、匂い立つような色香に満ち満ちていた。

正章は湯の中で遊ぶ文子をしばらく恍惚として眺めていた。やがて後ろからざんぶと音を立てて近づき、その丸い双つの乳房を、手の平を一杯に広げてその感触を楽しむように揉んだ。

「きゃあっ。いきなり、何」

「あなたに触っちゃ、いけませんか」

「温泉に浸かっているときくらい、そういうことはやめて」

「だって目の前にこんなにいやらしい体があるのに、何もしないなんて無理ですよ」

「これじゃ、邸にいるときと変わらないわ」

文子は文句を垂れながらも、正章の好きにさせている。

さすがにもうすぐ夕食の時間なので、その前に行為に及ぶ気はないらしく、男はただ湯に浮かんだ文子の丸い乳房を弄って遊んでいるだけである。

「普通にしているときはあんなに重たげなのに、湯の中では浮くんですね。不思議だ」

「人の胸を玩具にするのは、やめてよ」

「いいじゃないですか。さすがに邸では一緒に風呂は入れない。こんなこと、ここでしか発見できないんですから」

そうしてべたべたとくっついて、文子の体で遊んでいる内に、正章はついでのように、

「実はね、文子さん。俺は結婚することにしましたよ」

と言って、文子の顔色を窺った。

「あら、そう」

何の反応も見せずに素っ気ない返事を返すと、男はむっとした様子である。

「妬《や》いてくれないんですか」

「お相手の女性が気の毒ね」

「安心して下さい。結婚は金のためです。そして万が一あなたにできてしまった場合、俺の子供として育てるためですよ」

「別に、安心も不安もないわ」

弁解する正章が道化に見えて、文子は微笑した。体を重ねている内に情が移ったとでも思っているのだろうか。この男は案外ロマンチストである。

文子が正章に従っているのは、この家を守るためだ。男に処女を奪われ、男のものになったからというわけでもないのに、何を勘違いしているのだろうか。

「つまらないですね。俺は、あなたが荒れるだろうと思って、わざわざ邸の外にいる機会を選んで、報告したっていうのに」

　正章は少し落胆した様子である。文子は、この男が自分に責めて欲しがっていることに気がついた。

（本当に、加虐趣味なのか、被虐趣味なのか、わかりゃしない）

　文子は英吉利《イギリス》留学中、同じ宿舎の友人にかつて禁書とされていた仏蘭西《フランス》の猥褻《わいせつ》な本を読まされたことがあった。そのあまりに残虐な内容には呆気にとられたが、そこには加虐と被虐の合わさったある種の美学が絶対的な存在感を見せていた。そして文子は、そこに確かにあの男と自分の姿も見たのだ。

　文子は、自分の反応に一喜一憂している、子供のようなこの男を眺め、むくむくと何か肌の下が疼くような衝動を覚えた。それは、ひたすらに男の傲慢の下で耐え忍んでいた日々には久方ぶりの感覚だった。ふと、文子は己が主だったあの頃に戻ったような錯覚を覚えた。

「ね。私が怒るだろうと思っていたっていうことは、私に悪いと思っているわけ」

「そりゃ、そうです。俺はあなたを愛しているし、こうして体も繋げているんだから」

「それじゃ、こうしない」

　文子は咄嗟にままごとのような遊びを思いつく。

「食事の後は、かつての私たちに戻るの」

「え、それはどういうことです」

「つまり、あなたは私の下男になるというわけ。私の命令には、絶対服従」

「ああ、なるほど」

正章は白い歯を見せて無邪気に微笑む。

「いいですよ。夕食を終えてから、明朝、日が昇るまで」

「それじゃ、決まりね」

取り決めを終えると、二人ともものぼせてきたので、風呂から上がることにした。

湯煙のなかに立つ正章の見事な裸身を見て、文子は恍惚とした笑みを漏らす。艶を帯びた褐色の肌。がっしりとした広い肩幅に分厚い体幹。引き締まった腰に、滑らかな臀部の珠《たま》を彫ったようなえくぼ。堂々とした精悍な太腿。隆起した筋肉の束は、少し男が体を動かすだけで逞しく蠢いて、むせ返るような雄の精力に溢れている。

（私がかつて喉から手が出るほど欲した男らしさ。その全てを、この男は持っている）

この体を自由にできるのだ。そう思うだけで、文子は興奮に目が潤み、昂ってくるのを感じた。

旅館の雰囲気から純和風の食事かと思いきや、部屋に運ばれて来たのは和洋折衷《わようせっちゅう》の、到底食べ切れないような豪勢な料理の数々だった。

「ここは外観は少し古ぼけているけれど、露天風呂もあるし、何より食事が美味いから、俺は好きなんです」

正章は熱燗《あつかん》を傾けながら、上機嫌で猪肉《ししにく》のロオストに甘い果実のソオスをかけたものや、甘辛い醬油で煮詰めた牛鍋やら、色艶のいい新鮮な刺身やら、濃厚な味噌をたっぷりと塗った田楽《でんがく》やら、上品な味付けの茶碗蒸しや練り物などを、次々と胃の腑に収めていく。

文子も食の細い方ではないものの、正章の食べっぷりを見ている内に、いささか腹がもたれてきて、熱燗を過ごしている内に、頭がぽうっとしてきてしまった。

酔っているのは男も同じと見えて、いつの間にかすっかり平らげてしまった空の御膳《おぜん》を前に、座椅子の背もたれに寄りかかり、赤い顔をして楽しげである。

「そういえば、これがあなたと俺の最初の旅行なんじゃありませんか。ねえ、文子さん」

「そうね。きっと最初で最後だわ」

「どうして、そんなことを言うんです」

文子の気のない様子に、正章は怪訝《けげん》な顔になる。

「だって、あなた、結婚するのでしょ。奥様がいるのに、妹と二人で出かけるなんて、おかしいわ」

「おかしかないさ」

「あなた、もっと当主としての自覚を持ってよ。私が言うことを聞いていれば、家名を守ると約束してくれたでしょう」

文子がねつい調子で責めると、正章は目をしょぼつかせて手元に視線を落とした。

「そう。確かにあなたは、俺の言うことを聞いている」

ぼそぼそと口の中で呟いているのを、見て、文子はまた例のもやもやとした衝動が疼《うず》いてくるのを感じた。

「さあ、お食事は終わったでしょう。お遊びの時間よ」

正章はキョトンとしている。酒に酔った顔が微妙に幼く見えるのに、文子は苛立った。

「忘れてしまったの？　さすが犬の脳みそね。私はお前の主人。お前は私の下男よ」

「あ。そうそう、そうでしたね」

ぽんと手を打ち、男は楽しそうに笑っている。

（ああ、憎たらしい、その幸せそうな顔）

文子は、正章がこの旅行をまるで恋人同士が行くような幸福なものと考えているのが、我慢ならなかった。文子は無理矢理従わされているのだ。決して、正章に迎合したわけではない。こんな男のことなど、恋人とも、兄とも、本当は当主などとも考えてはいないのだ。

「私、ずっと馬に乗っていなくて体が鈍っているの。お前、馬になって頂戴」

「えっ。なんて」

「ああ、鈍い奴だ、忌々しい。さっさとそこへ四つん這いになってよ！」

文子は御膳を脇へ退け、座敷を指し示して地団駄を踏んだ。正章はそんな文子をニヤニヤとして眺めながら、緩慢な仕草で四つん這いになった。

「これでよろしいですか。おひいさま」

「ええ、いいわ。さあ、私を乗せて歩いて頂戴」

文子は男の広い背にどっかりと跨がり、促すように脇腹を脚で蹴った。

「痛い！　乱暴はやめて下さいよ」

「軽く蹴っただけでしょ、大げさね。大体、酔っぱらって痛みなんかわかりゃしないくせに」

「ああ、そうだ。そうでした。あなたは俺をもののように扱っていたんです。ああ、思い出しました」

正章のおどけた口調に、文子は激した。

「そうよ！　よく思い出しなさい。私たちは決して甘い恋人同士なんかじゃないのよ。私の前で油断しないで。大やけどをするかもしれないわよ」

文子の脅しに、背を震わせて笑いながら、正章はのろのろと歩き出す。

「乗り心地はいかがですか、おひいさま」

「悪くないわ。でも、もっと早く歩いて」

「無理ですよ。酔っぱらっているもの」

「口答えをするな！」

ピシャリと容赦のない力で馬の尻を叩く。馬の尻が痛みに硬直する。

「痛いっ」

「もう、口答えしないか！」

「し、しません！」

「そう、いい子ね。ご褒美をあげる」

文子は足で馬の股間を探り、下帯の下につま先を入れた。するとそこは既に半ば頭をもたげて、先走りすら垂らしている。

「あら、いやだ。お前、こうして四つん這いになって乗り回されるのが好きだったのかしら」

「だって、背中にあなたのお尻がくっついて」

「ハイかイイエで質問に答えろ！」

「は、はいっ！　こ、こうされるのが、好きです」

またぶたれると思ったのか、男は即座に答えた。卑屈な男の調子がおかしくて、文子はケタケタと笑った。

「そう。じゃ、お前の好きなことをしてあげたって、私は面白くないわね」

文子はあっさりと男の背から降り、その横腹を蹴ってごろりと仰向けに転がす。

「私を気持ちよくして」

その命令を聞いて、正章が起き上がろうとするのを、肩を押さえて横たわらせる。

「お前は動いてはだめよ」

仰向けになった男の顔の上に、浴衣《ゆかた》を大きくからげ、文子は跨《また》がった。剝き出しの玉門を目の前に晒され、男は大きく喉仏を動かし、生唾を飲んだ。

「舐めなさい」

男の口元へそこを押し付けると、男は息を荒げてそこへむしゃぶりついた。

「ふうっ」

高い鼻が膣口にめり込み、思わぬ刺激に文子は興奮した。花びらをしゃぶられ、花芯をれろれろと舐められると、あっという間に膨らんだそこを、舌先で左右に激しく跳ね上げられる。

「はあっ、あ、あ」

男の股間を見れば、浴衣の下でひとりでに隆々と勃起している。この男は本当に自分のここを舐めることが好きなのだ。

「お前、もうあんなになっているのね。おかしいわ」

嘲笑すると、陰茎はびくりと動き、更に膨張する。文子はけたたましく笑った。

その仕返しのように花芯を強く吸われ、舌の腹で擦り立てられて、文子の体が跳ねる。

「あっ、ああ！」

小さく達し、文子は呻いた。とろとろと漏れた蜜をじゅるじゅると啜《すす》られ、達した直後の敏感な花芯が過度の刺激に震えた。

「もう、いったんですか」

からかうように言われて、文子は慌てて腰を上げた。

「こっちはもういいわ」

文子は男の体の上を這って進み、逞しく隆起したものの上へ移動する。浴衣をはだけて下帯を取り、血管を浮き立たせたものを剝き出しにする。

「動くのは禁止よ」

言いざま、腰を落とし、その剛直をゆっくりと呑み込んでいく。その心地よさに、文子は甘く吐息した。

「あ、ああ、文子さん」

動けないもどかしさからか、正章は切ない声を漏らした。けれど、男の具合などは知ったことではない。ぐっぽりと根元まで呑み込むと、文子は自分のいいように腰を振り、体勢を変え、気持ちいい場所を探り始める。

「ああっ、あ、あ！　いい、これがいいわ」

文子は男の上で前屈みになり、その胸に倒れるような格好で夢中になって腰を蠢かした。男の角度と文子の姿勢とで、丁度いい場所に先端が当たるのだ。

初めて自分から能動的に動く行為に、文子はひどく興奮した。いつもは一方的にされるばかりで、どこか玩具にされているような感覚があった。けれど今この行為の主導権を握っているのは自分なのだ。男の意思では何一つ許さないつもりだった。

「だ、だめです、その体勢でそんな風にされたら、も、もうっ」

よほどきつく締め付けられるのか、男は今にもいってしまいそうな上ずった声で喘いだ。

「だめ！　まだ出しちゃだめよ！」

手を伸ばし袋を強めに鷲摑みにする。男は苦しげに呻いた。けれど陰茎が萎える様子はなく、それどころか一層強張ったように思えた。

「お前が勝手に出してしまわないように、縛ってあげようね」

文子は自分の帯を解いて、陰茎と陰嚢をまとめて縛り上げる。やや鬱血して哀れな様子だが、先端には先走りを浮かせ、はち切れんばかりに勃起している。

文子は男にのしかかり、好き放題に動いた。前が開き裸になった乳房を自ら揉み、乳頭を転がし、淫売のように髪を振り乱して喘いだ。

「ああ、いい、いく、いくっ」

文子は叫び、硬直し、大きく胴震いした。達した瞬間の締め付けに、男は今にも死にそうな呻き声を漏らし、額に汗を浮かべている。

（ああ、私は今、男だ。支配する側に回って、相手のことなど考えず、快楽を搾取している。女を犯す男は、きっとこんな気持ちなのだ。相手はただの道具であり、自分だけが快楽を得られればいいんだ）

（この男も、普段こんな気持ちで私を抱いているんだわ。ひどくした後は、優しく抱いて。少しでも意に染まぬと、またひどくして。やがて主《あるじ》の顔を窺う臆病な犬のように、私をしつけるつもりなんだわ）

「そうはいくもんか！」

文子は夢中になって腰を振った。男の、いつしか軽口も叩けなくなり、必死で苦痛を我慢しているような表情に腰が震え、とめどなく愛液が漏れた。

文子は厩で犯されていた男のうめき声を思い出した。逞しい肉体を縛られて、女に乗られて、好き放題に陵辱されていた、あのおぞましい夜。けれど、今ならばわかる。この男は女を犯すのが好きなように、女に犯されるのも好きなのだ。そして、その相手は他ならぬこの自分のみで、この男の獣じみた変態的な欲望は、全て己に向けられているのだ。

「ああっ、いい、いいっ！」

文子は仰臥《ぎょうが》した男の上で心ゆくまで踊った。幾度も埒《らち》をあけ、底なしの悦楽に耽溺し、苦しむ男を絞り立てた。

ようやく性器の縛めを解放してやったときの男は見物だった。まるで女のように甲高い声を上げながら、何度も何度も震えて、驚くような量の精液を放出した。

「ああ、こんなに粗相をして。本当に、みっともないったらありゃしないわ」

ぐっしょりと濡れた敷布を剝いで、濡れた部分を男の口に突っ込んだ。そして再び跨がり、文子は正章を陵辱した。涙目になってくぐもった嗚咽《おえつ》を漏らす男は、操《みさお》を奪われて泣き叫ぶ女そのもののように見えた。

散々な目に遭わされた正章だったが、このひどい仕打ちは、自分の結婚への嫉妬と解釈し、満足した様子である。

「やっぱり、旅行はいいですね。新鮮でした」

などと嘯《うそぶ》いて、上機嫌で文子の行為を許したのだった。


東京の邸にいるときと変わらず、情事に明け暮れて、旅は終わった。

「もうすぐ、あなたのための館を建てる計画が実行に移されます。楽しみにしていて下さいね」

「私のための館?」

「ええ、そうです」

汽車の中で正章は楽しげにその展望を語った。

「今いる邸の方には今度結婚する女が来ますから、あなたは何かと肩身が狭いでしょう。だから、あなたを住まわせるための館を新たに敷地内に作るんですよ」

「あら、そう。それじゃ、そこでいつでもあなたは好きに私を抱けるというわけね」

「ええ、そういうことです。素敵な館にしましょうね。大きな寝心地のいい寝台をこしらえましょう。あなたはそこで美しく着飾って、俺を愉しませて下さい」

（ああ、くだらない、くだらない）

文子は白けた目で車窓から望める風光明媚な箱根の景色を眺めている。

本当にくだらない。意味のない日々。ただ抱かれるだけのこの体。

文子の日常は快楽の泉、絶頂の嵐――そして、その後に広がる、途方もなく広い、乾いた虚無の砂漠のみである。

籠の鳥

瑠璃子《るりこ》は久方ぶりに柳沢家《やなぎさわ》を訪れていた。

文子《あやこ》とエドが出会ったお茶会から半年ほどが過ぎている。あのお茶会から、文子は邸《やしき》に引きこもったまま、どこへも出ていかなくなってしまった。何でも気鬱《きうつ》の病ということで、誰とも会わないと、知人や親族の者たちが行っても、文子に会うことはできなかった。エドの訪問を知っている者たちは、異人の求婚が当主の怒りに触れたのだろうと思い、文子の事情を知っている者たちは、急激な生活の変化に耐えられなかったのだろうと思った。

瑠璃子が数ヶ月ぶりに文子に会うことが叶ったのは、いつもの母屋《おもや》ではなく、敷地内に建てた瀟洒《しょうしゃ》な洋館でのことだった。文子はそこに移り住み、数人の女中に身の回りの世話をさせていた。

わざわざ住まいを替えたのは、正章《まさあき》が商家の娘、満智子《まちこ》と結婚し、未だ独り身の文子が肩身の狭い思いをするだろうという配慮からとのことだった。こんな立派な館をすぐにこしらえられたのも、満智子の実家が裕福だからだろう。

瑠璃子が通されたのは、贅沢な趣向をそこかしこに感じる優雅な応接間だった。座り心地のいい長椅子《ソファ》も、卓子《テエブル》も、炉棚《マントルピイス》も、全てが統一された格好で、一つ一つ職人が作ったものだろうということが窺《うかが》えた。

「まあ、文子様。あなた、随分とお変わりになったわねえ」

「あら、そうかしら。私はそんなつもりはないのだけれど」

「いいえ、変わったわよ。だってあなた、そんな風な洋装などしたことがなかったじゃないの。てっきり、洋服がお嫌いなのかと思っていたわ」

「ええ、そうなの。でも――兄が着ろと言うものだから。この館の中でだけ、洋装をしているの」

「いいじゃないの。とってもお似合いだわ」

文子は大胆にも胸元の大きく開いた臙脂《えんじ》色の洋服を着ていた。西洋風に巻き上げた髪には真珠の洋風簪《かんざし》、ほっそりとした首や形のよい耳にも美しい真珠が輝いている。

瑠璃子は思わず見惚《みと》れた。かつては男性だと信じ恋した相手でもあったけれど、こうして見ると、文子は誰よりも女性らしい女性である。彼女が呼吸をする度にふくよかに盛り上がる乳房の白さなどは、男好きで知られる瑠璃子でも、どうかすると体の奥が熱くなってしまうほど蠱惑《こわく》的だった。

「あなたの今の姿を写真で送りでもしたら、エドはきっとすぐに英吉利《イギリス》から飛んで来てしまうわね」

「ああ、エド」

文子はその青年の名を聞いて、大きくため息をつく。

「本当に——残念だったわ。最後のお見送りにも行かれなくって」

「仕方ないわ。きっとあなたのお兄様が許して下さらなかったんでしょう？　エドもそれはわかっていたわ。文子様に悪いことをしたって、最後までくよくよしていたわよ」

あのことがあってから、エドの心には正章の意図に反して、ますます火がついたようだった。あれからエドが自分を連れ去ろうと色々と画策してくれていることは知っていたけれど、文子にはやはり日本を離れる気などなかったのだ。ここを飛び出せば、あっという間に柳沢家は破滅の道を進んでしまうに違いない。それがわかっていたからこそ、文子は正章の言う通りにしていた。それに、恐らく文子が兄の言いつけに甘んじてこの洋館に閉じこもっていたことで、エドは何事もなく日本の滞在を終えることができたのであろう。

(ここは娼館――ただし娼婦は一人きり。そしてお客も一人きり。あの男は、私という娼婦をここに囲うために、わざわざこんな大層な洋館を作ったんだわ)

新妻が嫁してくるのと同時期にこの館は完成した。わざわざ英吉利人の設計者に作らせたこの白亜の洋館は女一人が住むには広く、日当りのいい広い客間と食堂、客人も来ぬのに余分な部屋が二つもあり、そして文子が一人の間退屈せぬようにとの配慮か、数え切れないほどの本を揃えた書庫もある。天蓋付きの大きな寝台を運び込んだ寝室は特に豪奢《ごうしゃ》で、戸棚には入り切らぬほどのドレスや靴、溢れるほどの装飾品でごった返し、それらに何の魅力も感じぬ文子は、自分の部屋であって自分の部屋ではないような、奇妙な疎外感を常に感じていた。

文子はここへ移り住み、毎日違う洋装をさせられて、毎晩訪れる男に犯された。場所が変わろうと、環境が変わろうと、衣服が変わろうと、文子と男の関係は何も変わらない。うんざりするほど、同じ日常の繰り返しである。

「それにしても、このお部屋は暖かいわね。外は木枯らしが吹いているっていうのに、まるでそんなことを感じさせないわ」

「ええ、そうなの。この館はいつもこのくらいの温度に保たれているの。だから私もこんな胸の開いた洋服を着ていられるんだわ。もうずっとここにこもりっ放しなんだもの。まるで四季の移り変わりもわからないの。もうすぐ冬だっていうのに」

文子はぼんやりと窓の外を見つめた。この洋館が完成し、ここに閉じ込められてから、一歩も外に出ていない。春が終わり、夏が過ぎ、秋も去ろうとしているというのに、文子を閉じ込めるこの頑丈な檻は、いつまでも春の優しい暖かさに包まれている。

「それにしても、あなたよりも先にお兄様が結婚してしまうだなんて。あなたにもきっと降るような縁談があったでしょうに」

「ええ、多分そうなんだけれど、私は何も知らないの。兄が全てお断りしてしまったんじゃないかしら」

「どうしてそんなひどいことをするの？　あたしもそろそろ周りにせっつかれて嫌になっていたところだけれど、あたしたち来年は十九でしょう。あたしも結婚なんかしたくないのだけれど、あんまりわがままを言っていると売れ残りになってしまうわ。あなたのお兄様も、いくら妹が可愛いと言ったって、積極的にお話を受けるべきだわ」

長い間会わずにいて色々と言いたいことが溜まっていたのか、瑠璃子はよく喋る。その賑やかさに文子は久方ぶりに心を覆う靄《もや》が少し晴れたような気がした。もうずっと、女中と正章としか会話をしていないのだ。あとは、書庫にある本を読み耽《ふけ》るばかりで、人との会話がこんなにも楽しかったのだということを、文子は今更のように思い出した。

「ああ、そうだわ。これを差し上げる」

おもむろに瑠璃子は手提《てさげ》から小さな黒い箱を取り出した。

「あら、何かしら。開けてもいい？」

「ええ、どうぞ」

リボンを解いて箱を開けると、そこには緑玉《エメラルド》の鏤《ちりば》められた繊細な装飾のブローチが収まっていた。

「まあ、こんな綺麗なものを。ありがとう、瑠璃子様」

「どうぞ受け取って下さいましな。あたしの父からの贈り物でもあるのよ。全体、明日はあなたの十八の誕生日だっていうのに、どうしてあなたのお兄様は何のパーティも開いて下さらないの。あなた、見たところ全然病気という感じじゃないじゃないの」

「ええ、まあ。兄は、また私が外でエドのように誰かを引っ掛けてくるんじゃないかと心配らしいわ」

「そりゃ、あなたは怖いくらい魅力的だけれど。だからこそ、早く嫁がせてしまった方がいいというのにね」

瑠璃子はひとしきり文子の兄を批判して気が済んだのか、それから少し雑談をして席を立った。そして帰る直前に、

「そうだわ。いけない、忘れるところだった」

と、白い封筒を差し出した。

「これ、エドからのお手紙よ。一昨日届いたの」

「まあ。どうして瑠璃子様に？」

「あなたの家に直接届けると、お兄様に捨てられてしまうとでも思ったんじゃないの。なんだか重要なことが書いてあるようだから、こっそりと読んでくれ、って、あたしへの手紙に同封されていたのよ」

「重要なことって、何かしら」

「さあ。もしかすると、英吉利行きの旅券でも入っているんじゃなくって」

瑠璃子はコケットリイな仕草でおどけてみせると、館から去って行った。彼女の甘い残り香を感じながら、文子は卓子《テエブル》の上の手紙に目を落とす。

（エドからの手紙。本当に旅券でも入っているのかしら）

万が一そんな内容の手紙ならば、自分はエドの心遣いを無視しなければいけない。あのどこまでも広がって行くような、青い海の瞳を持った自由な青年の待つ土地へは、自分はもはや決して行くことはできないのである。

封を切ろうとしたそのとき、聞き慣れた足音が響いて来て、文子は咄嗟《とつさ》にその封筒を炉棚《マントルピイス》の置き時計の下に隠した。この手紙だけは、あの男に見られてはならないような気がしたのだ。

「瑠璃子さんはもう帰ったようですね」

正章は入って来るなり、大きく息をついてタイの首元を緩めた。どこかに商談でも行って来たのだろうか。正章は多くを語らないけれど、妻を迎えてからその持参金を元手に何か仕事を始めたらしい。

ふと、卓子《テエブル》の上に置かれた瑠璃子の置き土産に目を留めて、おやという顔をする。

「これは？」

「瑠璃子様が下すったの。鹿野《かの》子爵からの贈り物でもあるんですって」

「なるほど。あの人たちはあなたの誕生日を覚えているんですね」

素敵なお友達だ、と気のない声で呟きながら、正章はブローチをじろじろと眺めた。

「しかしこれはあなたの感じじゃありませんね。こんなにすっきりとした――ああ、以前のまだ中性的な雰囲気を残したあなたには似合ったかもしれない。そういえば、もう半年は瑠璃子さんとは会っていなかったんでしたね。まあ、思い違いをしても無理はないな」

「瑠璃子さんも私が随分変わったと仰ってたわ。私にはよくわからない」

「変わりましたよ、あなたは」

正章は窓際に立つ文子に歩み寄り、ちゅ、と音を立てて赤い唇を吸った。

「以前は精悍《せいかん》とさえ言えるくっきりとした体つきで、肌も清らかな輝きがありましたが、今は、どうです」

男は文子の口を吸い歯を舐めながら、鎖骨のすぐ下から丸く盛り上がっている豊かな乳房の、剝き卵のようなつるりとした肌を指でなぞる。

「まるで蜜を塗ったような艶だ。谷間には甘い香気が蒸れている。男を吸い寄せる魔性の肌ですよ。体は柔らかな丸みを帯びてふるいつきたいほど魅惑的になりました。乳房だって、また大きくなっているじゃありませんか。ここも――」

指はそのまま乳房の頂点まで下り、服の上からまだ柔らかな乳首をふにふにと押し込む動きをする。その子供の戯《たわむ》れのような指に、文子は頰を赤らめる。

「ちょっと、やめて、こんなところで」

文子の息が僅かに乱れる。執拗《しつよう》に生地の上から押し込まれて、やがて乳頭がしこってピンと服を押し上げる。すると今度はそれを親指と人差し指の腹で摘み上げ、強めの力でコリコリと揉み、弄ぶ。

「はあ、はあ、いや、いや、やめて」

文子は男の手を掴むが、指の動きは止まらない。もどかしい刺激に肌が火照り、すり合わせる太股の奥でクチュリと濡れた音が漏れる。

「気持ち良いんでしょう。そら、そんなに蕩けた顔をして」

「だめ、だめ、だって、こんな窓際じゃ、お義姉様《ねえ》に、見られっ」

「大丈夫ですよ。今夜は友達と帝劇《ていげき》に行ってそのまま夕食をとると言っていたから、遅くまで帰って来ない」

「そ、そんな、でも、あっ、ああっ」

もう洋服の上からでもくっきりとわかってしまうほどの突起を、指先で左右に弄ばれ、摘まれ、こねられて、文子は切なげに身をくねらせた。

「あっ、ああっ、だめ、あっ、あっ、あ――」

ビクンビクンと腰が痙攣《けいれん》する。内股をつうっと生温かな愛液が伝う。男は潤んだ目を細め喉の奥で笑う。

「胸だけで達してしまいましたか。すっかり、淫乱になってしまいましたね。文子さんは」

愛おしげに喘ぐ文子の唇を食《は》みながら、男はズボンをくつろげ、勃起したものを取り出す。そうして、少し腰を屈め、文子のドレスをたくし上げて、その蕩けた股間にずるりと挟み込む。

「い、いや、何をしているの」

てっきり挿入されるのかと思っていた文子は、予想外の行為に胸を弾ませる。

「ちょっとだけ試してみようかと思ったんですよ。こうすると、どんな具合なのかって」

正章は男根を文子の濡れた股に挟んだまま、緩慢に腰を振った。充血した陰唇が太い男根にまとわりつき、くちゅりくちゅりと音を立て、溢れる蜜がかき混ぜられる。刺激された花芯はすぐに勃起し、繰り返し男根に擦られて包皮を捲られ、思わぬ法悦に文子は再び上り詰めてしまう。

「こ、こんなの、いや、あ、私、また」

「いいですよ、好きなだけ達して下さい。女性は何回でもいけるんですから、嫌がらなくたっていいでしょう」

「あ、あ、でも、こんな、あっ、あ」

男がドレスの胸元をぐっと引き下げると、ぼろんと西瓜《すいか》のような乳房がこぼれ出る。以前よりも少し色の濃くなった紅梅色の乳首は、毎日弄られ続けたためか乳輪が肥大し、乳頭も太く育っていてひどく卑猥《ひわい》に見えた。

正章は勃起した乳首へ吸い付き、きつく吸い上げる。休むことなくぐちゅぐちゅと腰を前後させながら、口の中の乳頭を舌先でれろれろと乱暴になぶった。

「ひっ、あ、ああっ、ああ」

文子はたまらなくなって、眉間をくっと絞り、正章にしがみついてぶるぶると痙攣した。女の発情した甘酸っぱい匂いが、文子の肉体からむっと立ち上る。どぷどぷと夥《おびただ》しい愛液が股に挟んだままの男根を濡らしていく。

「ああ、すごい、ぐちゃぐちゃだ。私も一回、いいですか」

「え、あ、ああっ」

男は文子の片脚を抱え上げ、開いた花びらの中央にずっぷりと逸物を埋めた。達したばかりのそこは突然の巨大な侵入者に驚き、追い出そうと反射的にきつく締め付ける。

「はあっ、く、ああ、きつい、ですね」

正章は顔をしかめながら、ぐうっと更に奥まで押し込んだ。文子はあまりの法悦に声を上げて仰け反って、片足でつま先立ちのまま、必死で男の太い首にしがみつく。

「ああっ、あ、こ、こんなの、だめ」

「確かに、少し不安定ですね。それならいっそ、こちらの脚も抱えてしまいましょうか」

「えっ」

正章は軽々と、踏ん張っていたもう片方の脚も抱え上げ、抱っこのような格好にしてしまう。そうしてそのまま振り子のように文子を揺すぶるものだから、自身の重みで常よりも深々と反り返ったものを咥《くわ》え込んでしまい、文子は泣き叫んだ。

「ひいい——っ、いやあ、ああっ、深すぎるうっ」

「ああ、すごい。奥が俺のものの先端を握り込むみたいに絞ってきます。ああ、気持ちいい」

正章はその場で腰を突き上げながら文子を大きく揺らした。ぐっぽぐっぽと激しい水音が響き、文子の蜜がそこら中にまき散らされる。

「ううっ、んああっ、ひあ、ああ、あう、ああっ」

文子は目を白くして動物のように鳴いた。子宮口にめり込んでいるのではないかと思うほどの重い衝撃が、どかんどかんと腹の奥で弾けている。もはや快楽を通り越したような烈《はげ》しい刺激に、肌理《きめ》の細かな肌にはじっとりと汗が浮き、剝き出しでぶるんぶるんと揺れる乳房は香油でも塗り込めたようにつやつやと濡れて輝いていた。

「さあ、部屋の中をお散歩してみましょうか」

「はあっ、んう、んぐう、だめ、だめえっ」

「なぜです。窓際がいやと言ったのはあなたじゃないですか」

言いざま、正章は文子を抱えたまま悠々と歩き出す。雁首が引っかかるほどまで引き抜かれ、その後ずんっと一気に根元まで突き入れられる。振られる幅が大きくなり、ますます強くなる奥を抉《えぐ》られる衝撃に、文子はほとんど気絶するような気配でぶるぶると痙攣した。

「はあっ、ああ、ひい、ひい、いぃ、すごい」

抱かれる度に際限なく文子の体は悦楽を深くしていく。このまま抱かれ続けていたらやがて気が触れてしまうのではないかと思うほど、理性の続く時間が短くなっている。未熟だった体はすぐに花開き、容易《たやす》く絶頂へ飛ぶようになった。これはもはや病なのではと疑うほどに、文子の肌は敏感になっていた。

「ああっ！　いぐ、いぐうっ」

休みなく部屋を歩き回る正章に揺らされるまま、文子は大きく絶頂に飛ぶ。間断なく続く深い衝撃に、忘我の極みに飛んだまま戻ることができなくなる。暗闇に燦然《さんぜん》と光り輝く星々がきらめく。宝石を鏤《ちりば》めたような眩《まばゆ》い幻覚の世界を滑空し、まるで肉体が消滅してしまったかのような空白に呑まれる。もう幾度も経験しているのに、その度にその鮮やかさは増して、文子を虜にする。

「はあ、ああ、すごい、中が広がって、奥が降りて来て、ああ、いきっ放しなんですね、文子さん、文子さんっ」

正章の額に細かな汗が滲んでいる。文子は仰け反りながら不明瞭な声で呻いている。ぶぼっ、ぶぷっ、と濁った音を立て、大量の愛液が床に垂れ流される。

「ああ、くっ、はあ、はあ、俺も、もう」

正章は低く唸って、既《すんで》のところで陰茎を抜き、数度大きく震えて射精した。

文子はぐったりとして汗まみれで正章にしがみつき、正章は立ったまま上気した文子の頬に頬ずりし、絶頂の余韻に浸っている。甘い甘い快楽の残り香に、文子はうっとりとして舌なめずりした。ああ、美味しかった――淫らな肉がそう声を漏らしたように、とろりと漏れた蜜が床に滴った。

「ああ、たまには、こんなのもいいですね。なかなか興奮しました」

文子はゆっくりと意識を持ち直し、緩く首を横に振った。

「刺激が強すぎて、疲れてしまうわ。せめて、寝台で」

「仰せのままに、おひいさま」

正章は文子をゆっくりと床へ下ろす。足下のおぼつかない彼女を支え、奥の寝室へと向かった。

扉を開き中へ入ると、大きな寝台に異変があることに文子は気がついた。

まず、飛び込んで来たのは、鮮やかな赤。そして、なんとも香《かぐわ》しい匂い。

「これは――」

「綺麗でしょう。あなたには、たった数本の薔薇《ばら》では太刀打ちできないと思ったんです」

寝台の上に投げ出されていたのは、百本はあろうかという赤い薔薇の花束だった。白い毛布の上に絢爛《けんらん》たる豪華さで鮮やかに輝くその深紅の色は、限りがある美しさとは言え、それだけに紅玉《ルビイ》よりも価値のある高貴な赤い色であった。

「あなたは、かつては誇り高く気品溢れる白百合《しらゆり》のような人だった。けれど今は、爛漫《らんまん》と咲き誇る真っ赤な薔薇、もしくは百花の王である大輪の牡丹《ぼたん》が似合う」

「私が――この赤い薔薇のようだと？」

「ええ、そうです。花の女王と呼ばれる薔薇は、まさにあなたにふさわしいでしょう」

真っ赤な薔薇。花の女王。天鵞絨《ビロオド》のような花弁。芳醇《ほうじゅん》で甘やかな香り。

（私が、それにふさわしい？）

この眩いほどの大輪の薔薇に、今のこの身がふさわしいと言うのか。一体どの口で。どの目で。この男は、何を感じ、何を考えているのだろう。

文子の胸に突如燃え盛る激情が迸《ほとばし》る。赤い薔薇が美しくあればあるほど、高貴であればあるほど、文子は猛り狂う憤りをどうしようもなくなった。

潔癖さを汚したのは誰か。欲望を覚えさせたのは誰か。快楽に堕落させたのは誰か。高潔だったこの心を、娼婦のものに貶《おとし》めたのは、一体誰なのか。

（私はもう、こんな風に咲くことはできない。高潔な文子は、文人《あやと》は、消えてしまった！）

美しいものに対する残虐な心が、突如勃然と現れ、溢れ出す。己の失ったものを目の前に見せつけられて、文子は絶望と憤怒の波に責め立てられた。

すでになくしたと思っていた己の矜持《きょうじ》。すでに諦めていたと思っていた過去への執着。自由――エドへの憧憬。鍵をかけて閉じ込めていたそれらの衝動が稲妻のように心を引き裂き、暴れ出す。

美しかった英吉利の田園風景。咲き誇っていた香しい薔薇の数々。王族も庶民と同じ学び舎で勉学に励み、女子も運動で体を鍛え、男女共に同等の教育を受けている、あの自由な国、英吉利！

（あそこは私が男だった頃の終焉《しゅうえん》の地。最後に夢を見て、私は窮屈な日本の女へと返った。そして今や籠の鳥。時折檻の隙間から指を差し入れられて愛撫を受け、甘い声で歌い、男を楽しませて生きているだけの、淫らな娼婦――）

男にはなれなかった自分。人並みの女の人生すら歩めなかった自分。姉たちのようにどこかへ嫁ぎ子でももうければ、道ばたに咲く小さな花くらいには美しい、ささやかな幸福があったかもしれない。けれど自分の手はもはやそこへも届かない。

美しい豪奢な薔薇は無関心に文子を眺めている。切り取られ、後は枯れてゆくだけのもの言わぬ植物だというのに、この威厳は何だというのだろう。文子はその気品と威ある姿に圧倒された。天性の美を与えられた者のみの持つ冷酷さは、確かの自分であったかもしれぬ。けれどこれはすでに己を体現してはいない。

（この美しさは――この傲慢さは――）

文子はやにわに正章を突き放し、寝台の上の薔薇の束を摑んだ。正章はその激しさに仰天し、目を剝いて叫んだ。

「何をするんです！」

「これが、これが私よ!!」

文子は嵐のように花束を振り回した。寝台に荒々しく叩き付け、床に投げつけ、踏みにじった。

部屋中に馥郁《ふくいく》たる濃厚な香気が溢れ、赤い花弁が無惨に散らばる。突然の文子の奇行に半ば呆然としている正章を、文子はギラギラと燃え滾《たぎ》る目で睨みつけた。

「今を盛りと咲き誇る花を、野蛮な手で掻きむしられ、引きちぎられ、踏みにじられた。それが私！」

僅かに残った花びらを鷲摑みにし、棒を呑んだように立ちすくんでいる正章に力任せに投げつける。男は青白い顔で凝然《ぎょうぜん》と文子を見た。

「ああ。ひどい人ですね。あんなに綺麗だった薔薇が、こんなことになって。見る影もなくなってしまいましたね」

「そうよ。この惨たらしい花の死体こそが私。下賤《げせん》な男に囲われて、四季の移り変わりさえもわからない、いつも甘ったるくて暖かい部屋に閉じ込められて、知らずの内に枯れて散ってしまったのよ。ねえ、もう十分でしょう!!」

針が振り切れたように金切り声で絶叫する。男はものも言わずに猛然と文子を薔薇の花弁に塗《まみ》れた寝台に押し倒す。その瞳は溢れんばかりの憎悪に輝き、食い締めた歯の隙間から血が滴るかのような鬼の形相であった。

「あはは！　ひどい人だ！　ひどい人だ！　あなたは枯れていたって十分に女王様ですよ！　気高く残虐で冷酷な女王様ですよ！」

「路傍《ろぼう》の石にいいようにされる女王様のどこが気高いと言うのよ！　この破落戸《ならずもの》!!　汚い手で触るな!!」

「ああ、あなたのその罵倒は久しぶりですね。ああ、気持ちいい！　気持ちいいですよ！　あなたはそうでなくちゃいけません！　そういうあなたを愛しているんですよ！」

「これのどこが愛だというの!?　お前の愛は憎しみだわ！　鬼畜！　化け物！」

「愛していますよ、これが俺の愛なんですよ！　歪んでいるとしたら、それはあなたに歪められたんです!!」

男は文子を押さえつけ、噛み付くように首筋に吸い付いた。まるで本物の野獣のような生暖かく荒い息が背筋をゾクリと震わせる。

興奮に震える乳房を鷲掴みにし、遠慮のない力で揉みしだく。痛みに悲鳴を上げ硬直する文子の裾をたくし上げ、後ろから濡れそぼつそこに力任せにねじ込んだ。

「あああっ！」

「ああ、いい、あなたの中は熱い、最高ですよ！　どんなにひどい人でも！　どんなに心が冷たくても！」

いたわりなど微塵《みじん》もない動きで正章は獣のように文子を突き上げる。情け容赦ない動きに、文子は敷布を掻きむしって必死に逃れようとする。しかし男はがっちりとその細腰を掴んで、更に奥深く抉り込むように叩き付ける。骨盤の砕けそうな衝撃に、文子は堪らず悲鳴を上げる。

「ああっ、うあ、ひぃ！　壊れる、ああっ、壊れてしまうっ」

「いいじゃないですか、壊れたって！　いっそ、壊れればいいじゃありませんか!!」

今にも文子を縊《くび》り殺さんとせんばかりの正章の怒号に、文子は泣きながら酩酊《めいてい》した。

――もっと憤れ。もっと憎め。怒りを燃やせ。醜悪な心を露にしろ。

――そして、もっとひどくして。滅茶苦茶に犯して。もののように扱って。私を傷つけて。

雄のように荒ぶる心と、雌のように従順な心が、交互に入り乱れる。被虐と加虐が混じり合い、どちらが己の心なのかも判別がつかなくなる。

「文子さん、文子さん！　ああ、あなたは感じている、こんなに濡れて！　こんなにひどくしているのに！」

男の声はまるですすり泣いているかのように掠れている。薔薇の香りに包まれて、文子はすでに忘我の境地に入っている。男の言う通り蜜壺は滴るほどに潤い、膣肉は男根に甘えるように絡み付く。

男の逸物は激昂しているときの方がより大きかった。より固かった。より獰猛《どうもう》だった。けれどどんなに無体なやり方で犯されても、文子はひどく感じてしまう。むしろ、乱暴にされた方がいいのかもしれない。ひどくされればされるほど、文子は己の肉体を感じられる。己の存在を鮮やかに感じ取ることができる。

「ひいっ！　ああ、くそっ、ちきしょう、殺してやる、お前など、殺してやる！」

（殺して！　壊して！　もっとひどい風に扱って!!）

文子は喉を振り絞って叫びながら、絶頂に飛んだ。

「ああ、いいですよ、殺して下さい、俺を殺して！　俺もあなたを殺して、一緒に地獄に堕ちましょう!!」

正章は気が触れたように喚き散らしながら、滅茶苦茶に文子を犯した。背を屈め、文子の頬や唇に吸い付きながら、ヒイヒイと泣いていた。

いつしか、文子は気を失った。捲《まく》れ返った世界には、今日も暗黒に輝く光が瞬いていた。

＊＊＊

妻の帰ってくる前に、正章は文子の洋館を去った。しかし、いつ男が出て行ったのか、文子には定かではない。

結婚してから二ヶ月。真義のほどはわからないけれど、正章は未だに妻を抱いていないのだと言う。

病だと閉じ込められ、式にすら参加することのできなかった文子は、数えるほどしか義姉の満智子に会ったことはない。文子より一つ年上だが、背も小さく全てが小作りなためか、自分よりもずっと幼いように見えた。

乱れた衣服もそのままに寝台に横たわった文子の目に、床に落ちた一枚のカードが映る。薔薇を踏みにじったときに、花束の中に入っていたものが落ちたのだろう。拾ってみると、正章の案外几帳面な字で『誕生日おめでとうございます』と書かれていた。涙は出なかった。心はとっくにひび割れてしまって、そこから知らずの内に悲しみは漏れていくのである。

季節外れの薔薇をこれだけ買い集めるのは苦労しただろうし金もかかったことだろう。この薔薇も、この洋服も、この装飾品も、恐らく全てが満智子の実家の資産を使ったものに違いない。正章がこの結婚は金のためだけにしたようなものだとはっきりと言っていたのを、文子は聞いている。

（お可哀想《かわいそう》なお義姉様）

抱かれもせず、妾《めかけ》のような扱いの妹には湯水のように金を使われ、妻として何かすることもなく、ただ茶会に帝劇に夜会にと忙しく遊興に耽っている。

文子は義姉に同情していたものの、夫の裏切りに気づく気配もないことにいささか呆れてもいた。こんなに近くに妾がいるというのに。こんなに近くで不貞行為が堂々と行われているというのに。

満智子はただ、処女の鈍感さか朗らかさか、夫が毎日この洋館へ足を運ぶことを、ただの妹思いと思っているらしい。なんて頭の鈍い女だ――そう夫に笑われていると知ったら、彼女はあのキョトンとした小動物のような顔を、どんな風に歪ませるのだろうか。

（――そうだ。エドの手紙）

ふいに、文子は大事なことを思い出した。

気怠《けだる》い体を起こしてふらふらと居間に戻り、炉棚《マントルピイス》の上の置き時計を持ち上げ、隠しておいた手紙を取り出す。

じっとその封筒を観察してみるけれども、見た目は全く普通の封筒である。中身の便せんには流れるような筆記体で短めの文章が綴られていた。

文子はまだぼんやりとした目でその文字列を追っていったが、次第に呼吸が荒くなり、見開いた目が乾いていくのを感じた。

『親愛なる文子様

文子さん、お元気ですか。僕は今とても後悔しています。あなたに結婚を申し込んだことにではありません。あなたを日本に、あのお邸に置いて来てしまったことです。

僕はあなたのお兄様――こう呼ぶのも厭《いと》わしい、鬼畜なあの男のことがなぜか無性に気にかかっていました。彼の母親について少し心当たりがあったものですから、倫敦《ロンドン》に戻ってから、父に聞いてみたのです。

父は彼の母親らしき人のことを知っていました。確か「はつ」という名前だったそうです。なんでも、そのはつさんの父親が僕の父の仕事相手だったようで、彼が日本の女性に産ませた子供のことも気になっていて、父ははつさんを知り合いの事業家に仕事を世話してほしいと頼んだようなんです。

そうして世話されたのが、あなたの家の奉公人でした。ですが、ご存知の通り、彼女は伯爵の子を身ごもって追い出されてしまった。そのことを父が知ったのは数年後、再び来日してからのことですが、そのとき父は悲しい結末を知りました。

はつさんは追い立てられるように方々に引っ越しましたが、ろくなお金も持っていなかったので、最後は横浜の小さな教会に行き着き、そこで子供を産んだようです。清潔な場所ではなかったようですが、病院に行くお金もなかったので、産後の肥立ちがよくなかったこともあり、子供を産んで間もなく亡くなってしまったそうです。そしてその子供も、そこの教会で預かっていたようですが、流行の感冒《かんぼう》にかかって七歳にもならない内に死んでしまったと。

しかもその子は、女の子だったようですよ。あなたの家はやはり女系なのですね。
ああ、文子さん。叶うことならば僕は今すぐにでも引き返してあなたをさらって行きたいのです。しかし、今思えば僕はあなたからプロポーズに対するイエスの言葉を聞いていません。僕の独りよがりであれば悲しいのですが、それでも、あなたはそのお邸にいるべきではないと僕は考えます。
誰でもいいのです。信頼のおける人に相談して下さい。そして、あなたがいつでも英吉利に来られるよう、知り合いの貿易商の某氏にも手紙を出しておきました。こちらが彼の住所と電話番号です。【…………】
彼に連絡をとれば、あなたの好きなときに倫敦に渡ることができます。僕はいつまでも待っています。あなたに幸あらんことを！

あなたのエドより』

世界の向こうは

文子《あやこ》は混乱の極みにいた。何度も何度も、エドの手紙を読み返した。

(ああ、エド——あなたは私を驚かせてばかりいる。あなたのもたらす偶然という名の奇跡は、もはや私の数奇な人生よりも、よほど驚異に満ちている!)

思わぬところから明るみに出たひとつの真実——あるいは仮説に、文子は茫然自失としていた。

父がはつという混血の女中に産ませた子供は、すでに死んでいるのだという。しかも、女の子だったと。

それでは、あの男は、誰なのか。何の目的で、この邸へやって来たのか。

(考えなさい、文子。考えなければいけない。慎重にならなければいけない)

兄と妹でありながらこんな関係を持っているという禁忌からは解放されたものの、それではあの正章《まさあき》という男は何者なのかという疑問の方が重大なことだった。

まずは身内に相談するべきだろうか――いや、しかしそうするとあっという間に大事になってしまう。姉たちはヒステリイを起こし、早々に親戚中に触れ回るだろう。一刻も早く正章を排除せんと裁判所にも駆け込むかもしれない。

だが、それは最終段階である。下手な手を打てば、その隙に正章はあっという間に行方をくらませてしまうかもしれない。文子は頭の回るあの男の行動を予測して、迂闊《うかつ》な手段に出ることはできないと思った。逃げるなどということは許せない。文子は全ての真相が知りたかったのだ。

今、この情報を知っているのは文子のみである。瑠璃子《るりこ》もこの手紙の中身を読んではいないだろう。エドという協力者がいる限り、この手紙の有無はそこまで重要なものではないが、やはり厳重に保管するに越したことはない。

(それにしても、何という男だろう！)

文子は今、初めて正章という男を尊敬していることに気がついた。前伯爵の血が一滴も混じっていないとすれば、あの男は様々な手段を駆使して、まんまと柳沢《やなぎさわ》家を乗っ取ったことになる。その鮮やかな手際には感嘆せざるを得ない。

(いつからこの計画は始まっていたのだろう。――まさか、あの祈禱師《きとうし》の存在も?)

そうだとすれば、何年もかけてその作戦を成功に導いたことになる。文子はあまりのことに身震いした。それにしても、なぜ誰もあの男が偽物だと気づかなかったのか。意識も朦朧《もうろう》とした病床の前伯爵が認めたとしても、確たる証拠など何もなかったではないか!

(それにしても、あの男を追い出したら、この家はどうなってしまうのか)

まさか、再び文子が男に戻るわけにもいかない。やはり、従来の通り、すでに嫁いでしまった姉たちの代わりに、自分が誰か婿養子をとるしかない。

(こんなことを知ってしまった今、私は何も知らない顔をしてあの男の言いなりになることなんかできない)

文子は決心した。次にあの男がここへ来たときに、白状させよう。そしてどう出るのかを見る必要がある。

(これは、一世一代の戦《いくさ》だわ。この家を守りきれるかどうか――それが、私にかかっているのかもしれない)

それにしても気の毒なのは、正章の妻となった満智子《まちこ》である。裕福な商家が正章との結婚を受け入れたのは、正章が伯爵であるという、その条件のみに他ならない。それなのに、その男が伯爵でも何でもなくなるとしたら、どうなってしまうのか。十中八九、即座に離縁。それでも、満智子の人生はその一時期を汚されたことになる。まだ清らかな体であるということが、不幸中の幸いであろうか。

しかし、それが文子の思い違いであったことは、すぐに判明することになる。

＊＊＊

「おひいさま。奥方様がいらっしゃっているんですけれども」

女中がやや怪訝《けげん》な顔で文子に来訪者を告げる。

「お義姉《ねえ》様が？　いいわ、お通しして」

今まで一度たりともこの洋館へ足を運んだことのない満智子の突然の訪問に、文子は驚き、また怪しい胸騒ぎがした。

それにしても、あのいつもの胸元を強調するような洋装をしていなくてよかったと、文子は胸を撫で下ろす。

エドの手紙を見てからというものの、文子は以前のように和装をしていた。正章もこっぴどく文子に傷つけられたためか、あれから数日、顔を見せていない。そのために、言いつけに背く格好をしていても、咎《とが》められることはなかった。

「文子さん。ごめんなさいね、ご静養中なのに、突然お邪魔したりして」

「とんでもないですわ。どうぞ、お好きなときに遊びにいらして。今、お茶を用意させますから」

「まあ、ありがとう。あたし、すぐ帰りますから、どうぞお気を遣わないで下さいましね」

満智子は相変わらず小さく、繊細なガラス細工のような姿をしていた。長椅子《ソファ》にちんまりと座るその姿は市松人形のようで、その小さな唇やつぶらな瞳が動くのが、どこか不思議のような気さえする。

満智子は目の前に緑茶とお茶請けを出されても、それには一切手を付けずに黙りこくっている。手にした手巾《ハンカチ》をしきりに揉んで、何か話したいのに言い出せないといったような様子である。

「それで、何のお話でしたかしら。私でよろしければ、何でもお聞きいたしますけれど」

さすがに文子も焦れて、こちらから水を向ける。そしてようやく、満智子はぽっと頬を染めて語り始める。

「あの、あたし、子供ができたんですの」

「まあ。それは、おめでとうございます」

文子はどこか現実感のない頭で、反射的にそう言った。

(子供ができた？　お義姉様に？)

無論、正章の子だろう。あの男は自分には妻を抱いていないと言っていたが、それは真っ赤な嘘だったのだ。

「あのう、それが」

満智子はいよいよ真っ赤になって、下を向いた。

「夫の子ではございませんの」

「えっ」

文子は思わず小さく声を上げた。満智子の言葉は、まるで素晴らしい吉報を聞いたときのような心地を文子に与えた。

しかし即座に、文子はその感情を打ち消した。これではまるで、正章の子ではなかったことを喜んでいるようではないか。

(別に、あんな野蛮な男が、嘘をついて妻を抱こうが、他の女を抱こうが、どうでもいいことなのに)

文子は自分ですら予想しなかった感情の波に動揺した。どうにも隠し果《おお》せないその心の揺らぎを、満智子は別の意味にとり、表情を固くした。

「本当に、ごめんなさい。夫の妹であるあなたに、こんな不貞を告白して」

「――いいえ、それは。何か、事情がおありになるのでしょう?」

自分の心情に精一杯で、満智子の心など慮《おもんぱか》れなかった文子が、適当に慰めると、その一言が、満智子を大いに救ったらしい。

「ああ、文子さん。あなた、なんて優しい人なの」

小さな丸い頬にはらはらと涙をこぼしながら、満智子はくしゃっと子供のように顔を歪めた。

「そうなんですの。実はあたし、この家へ嫁いで来てから、一度も夫に顧《かえり》みられたことがございませんの」

「あの、それは――」

「あたしと夫は、一度も夫婦の生活をしたことがないんですわ。その――夜の」

やはり、正章は妻を抱いていなかった。その事実に、文子は今度こそ自分が安堵していると認めざるを得なかった。

「だから夫は、あたしが子供を身ごもったことを知ったら、自分の子ではないと即座にわかってしまうんですの」

「あの、それじゃ、お相手は」

「――運転手の吉田《よしだ》ですわ」

知らない名だった。満智子が嫁いで来てからほとんど外に出ていない文子は、当然運転手を使うこともない。それ以前の運転手なら知っているが、初めて聞く名であるから、恐らく、新しく雇った使用人なのだろう。もしかすると、満智子が家から連れてきた使用人なのかもしれない。

「あたし、それでもずっと夫を愛しておりました。あたしの親は、華族様ということであたしを嫁にやることを決めたようですけれども、あたしは一目見たときから、夫を慕っておりました」

満智子は弁解するように夫への愛情を口にした。けれどそれは真実であろうと思えた。文子はすっかり失念していたが、正章はそこらの男では太刀打ちできぬほどの美丈夫なのである。女ならば、きっと誰もが虜になってしまうのだろう。

「けれど、夫はあたしに指一本触れないのです。女の身では、はしたなくて自分からねだるなんてことはできませんし、あたし、毎晩独り寝の枕を濡らしていたんです。それを、吉田が慰めてくれて――」

「ええ。ええ。わかりますわ、お義姉様」

「ああ」

満智子は突然手巾《ハンカチ》で顔を覆った。

「あなたにお義姉様と呼ばれると、罪悪感で胸がつぶれそう」

「そんな。お願いですから、そんな風に仰らないで。私は、お義姉様を責めるつもりなど、毛頭ございませんのよ」

満智子にはわからないだろうが、それは偽らざる文子の本心である。満智子の不貞以前に、正章と文子は数え切れないほどの夜を過ごしたのだから、むしろ頭を床にこすりつけて謝らなければいけないのは、こちらの方なのだ。

「それで——兄には、何て」

「まだ、言っておりませんの。こんなことをあなたに相談しに来るだなんて、お門違いも甚《はなは》だしいとわかっているんですけれど、誰かに聞いて欲しくって」

満智子は激しく泣き出して、それきり何も喋れなくなってしまった。もはやまともな会話はできない様子だったので、また後日話を伺いますからと、文子は小間使いを呼んで一度邸へ返した。

文子は呆然と長椅子《ソファ》に座り込んでいた。満智子の行動は誰にも責められるものではない。けれど、あの大人しそうな義姉が、運転手と道ならぬ関係を育んでいたとは意外だった。

(それにしても、お義姉様に子供が。私は、あの男にずっと犯され続けているというのに、

まだできないなんて）
　考えてみれば、それは不自然なことのようにも思えた。文子は思春期に過度に体を鍛えすぎたためか、月のものが少し不安定だった。もしかすると、自分はその頃の影響で妊娠しにくい体になってしまったのかもしれない。それは不幸中の幸いと言えるのかもしれなかったが、この先誰と結ばれようとも子供ができないかもしれないということは、若い文子の心に暗い影を落とした。
（別に構わないのに。本来ならば、男として生き、子を産む義務もなかったのだから。今は女に戻ったけれど、どうせ私は、不完全な存在なのだから）
　未だに足掻《あが》いている自分が、おかしかった。この身は、家を支える道具でありさえすればいいのだ。その大義を今一度深く心に刻み、文子は前を向いた。

　その夜遅くに、正章はやって来た。

　この前のことなど忘れてしまったという顔をして、開口一番にこう言った。

「ところで、どうしてあなたは着物なんか着ているんです」

　世間話のように投げられた問いかけに、文子は顔をしかめる。

「最初に言うことがそれ？」

「だって、俺はあなたに洋装でいなさいと言いつけたじゃありませんか」

「もうあなたに従う必要はないと思いましたから」

「――それは一体、どういう意味です」

にわかに空気が硬直した。文子は覚悟を決めて、挑むような視線を正章に投げた。

「こんな暮らしは、もうおしまいよ。最後に、種明かしをして頂戴、お兄様」

「種明かし？　一体、どういうことですか」

「あなた、本当は一体どんな人間なの？　最後なんだもの。知らぬ仲じゃあるまいし、そのくらい教えてくれたっていいんじゃない」

「文子さん。あなたは、何を知ったんですか」

何かを察して、正章の表情が変わる。その変化だけで、文子はエドの手紙が事実だったことを確信した。

「本当の私の『お兄様』は、もう亡くなっているんですって。それに、『お姉様』だったみたいだわ」

男はじっと文子を見つめている。見慣れた顔のはずなのに、まるで知らない男のようだ。

それは、実際男の仮面が剥がれたからなのか、それとも文子の男を見る目が変わったせいなのか。

「あなたのような破落戸《ならずもの》が私の兄でなくて安心したけれど、元から兄だなんて思っていなかったものね。私も普通の女として育っていないから、貞操観念がきっとおかしいんだわ。近親相姦の罪を犯さず済んだとか、そんなことはどうでもいいの。私はただ、あなたが誰なのかを知りたいのよ」

「――なるほど。わかりました」

正章は懐から煙草を取り出し、口に咥《くわ》えた。

「燐寸《マッチ》はありますか」

「その戸棚辺りにあるんじゃない。前にあなたが吸ったとき以来、誰も使っていないもの」

後方の戸棚の中から燐寸を取り出し煙草に火をつけると、正章は長椅子《ソファ》にどっかりと座って、長く煙を吐き出した。いつも正章はここへ来ると文子を片時も離さなかったので、煙草を吸うことなどほとんどなかった。煙草に火をつけたということは、つまり、これから長い話が始まるということなのだ。

「文子さん。あなたのお祖母様が、他の妾《めかけ》などは容認していたのに、なぜその混血の女中を身重のまま追い出すほど異人を嫌っていたのか、知っていますか」

「いいえ。昔の人だし、ただ偏見があっただけだと思うけれど」

「実はね、あなたのお父様、前柳沢伯爵は、以前にも異人の女と関係したことがあるんです。そしてその女との関係は、柳沢家を破滅させかねない事件をもたらした」

　初耳だった。文子は思わず相づちを打つのも忘れ、正章の話に耳を傾けた。

「あなたのお母様、松子《まつこ》様と結婚される一年ほど前のことでした。前伯爵はとある混血の女に夢中になった。彼女は露西亜《ロシア》貴族の落《おと》し胤《だね》でした。彼女の母親は中国の女で、妾でした。露西亜では昨年革命が起きましたが、三十年ほど前から反帝政、社会主義を掲げた組織運動が活発化し始めていました。彼女の兄は仮にも貴族でありながらその熱心な担い手になってしまった。あらゆる場所で事件や混乱を引き起こし、そのために邸に居場所のなくなった彼女は母親と一緒に知人の伝《つて》で日本へ逃げて来た。そして前伯爵と出会いました」

　文子も露西亜から亡命してきた人たちを幾人か知っている。しかしまさか父が露西亜貴族の妾腹の娘と関係を持っていたとは、思いもよらなかった。

「前伯爵は彼女に夢中でした。彼女は相当な美貌の持ち主だったようです。けれど、彼女には他に愛する人がいた。騙されて妓楼《ぎろう》に売られそうになったのを助けてくれた男でした。その男自身お上品な稼業の人間ではありませんでしたが、二人は恋に落ちた。彼女はその男の子供を身ごもり、密かに産みました。しかしそれが前伯爵にバレてしまった」

話の雲行きが怪しくなり始める。文子にはすでにある程度の結末は予想できていた。そして、

「彼は相手の男を教えろと脅しましたが、彼女は頑として口を割りませんでした。そして、逆上した彼は彼女を撃ち殺してしまった。子供は男のところにいて、無事でした」

「――その子供が」

「そう。俺です」

文子は大きく息をつく。正章は紫煙の向こうで目を細め、小さく笑った。

「俺の本当の歳は二十八。章子《しょうこ》様よりも二つ上ですね。そして俺には、日本と、中国と、露西亜の血が入っています。ですが、この見かけですからそんなことはわからないでしょう」

「そうね。骨格はやはり白人に傾いているけれど、アジアの血が濃く出ているわ」

今思えば、複雑な血の混じり方をしているように見えると言ったエドは正しかったのだ。

「でも、まさかお父様が殺人を犯していたなんて――信じられない」

「ええ、そうでしょうね。わがままな暴君だったとは言え、所詮はお坊ちゃんだ。衝動的に罪を犯してしまった前伯爵は、どうすることもできずに親族に泣きつきました。特権階級の殺人など、過去に一つか二つくらいしか例がありません。もしも露見したら大変な騒

ぎです。お家の危機でしょう」

文子は重く頷いた。清華《せいが》家の流れを汲み、何よりも家名を重んじて来た柳沢家である。その一族の中から犯罪者を出すわけにはいかない。

「ですから、彼らは一族でこれを揉み消しました。殺された女性の遺体は、どこにあるか今もわかりません。彼女の恋人は、墓を作ってやることすらできなかった。一時は訴えようとしていましたが、金を押しつけられ、そして彼の過去の犯罪を洗い出され、脅されて沈黙させられました。彼女の母親、つまり俺の祖母ですね。異国の生活での疲れか娘を失った心労のためか、娘が殺されてから一年も経たない内に亡くなりました」

正章の出自は大体わかった。その風貌に高貴な色と野蛮な色とが不思議に混じり合っていたのは、やはりその血統のためだったのだ。この男には、露西亜貴族の血と、破落戸の血が流れている。

ふと、文子はまだ一言も触れられていない、重要な人物の存在を思い出す。そしてそれは、この男と強い繋がりのある者のように思えた。

「お父様を翻弄したあの祈禱師――――まさか、あなたの」

「ええ。父です」

愕然とした。全てが一致したような感覚があった。

「父は死んだ恋人から聞いた情報や彼女の日記などから、柳沢家の内情をかなり把握していました。女系であること。前伯爵が滅多にない直系の嫡子《ちゃくし》であること。伯爵家の盛衰など、様々な背景を、まるで自分が見聞きしたかのように知ることができました」

「でも、少しそんな話を知っているだけで、どうしてあそこまで父を信じ込ませることができたの」

「父はやくざ者でしたが家は学者の家系で、若い頃に飛び出したとは言え、さすがに頭の回る人でした。昔にも華族のお殿様を担いで詐欺《さぎ》をやったこともあるような人なので、前もって知っている情報をさも神秘の力のように見せかけて、世間知らずのお坊ちゃんを丸め込むことなど造作もありません。それからは柳沢家に頻繁に出入りして、あの混血の女中が伯爵の子を妊《みごも》り追い出されたことも知っていましたから、歳も近く同じ混血である自分の息子を利用して、伯爵家を乗っ取らせる計画を思いついたんです」

「――――なんてこと」

「本当に、全てが面白いように上手くいっていましたよ。意識の曖昧《あいまい》な伯爵の前に俺が現れ、あなたの子だと告白し、横にいた祈禱師が、まさしくこの青年こそが跡取りに相応《ふさわ》しい、これで柳沢家も安泰とでも言えば、病で気弱になっている伯爵が、ほっと安堵して認めてしまうのも無理はないでしょう。我が父ながら、あくどい手段ですね」

やはりそうだったのだ。最初から最後まで——全てが仕組まれていた。恐らくは、復讐のために。

だが、正章は文子の思考を読み取ったように、皮肉な笑みを浮かべた。

「ああ、しかし、もしもあなたがロマンティックな想像をしていたらお気の毒なのですが、この気の長い計画は父の母への純粋な愛情による復讐のみのことではないと思いますよ」

「どういうこと」

「父にとって、母の残した柳沢家の情報は商売的にも価値のあるものでした。伯爵家を手玉にとって、いずれは乗っ取って、地位も富も得ようとしていただけなんですから。全く、壮大な計画ですね」

「自分の父親をよくそんな風に言えるわね」

「だってそうでしょう。自分の子供を復讐の道具に使うような人ですよ。俺がどうしてそんな人を尊敬しなくちゃいけないんですか」

苦々しい口調だった。文子は不思議にも、今初めて、この男にも子供時代があり、そして親がいたのだということを理解した。

正章は文子にとって石ころであり、犬であり、怪物であり、憎悪だった。人の子だなどと考えたことなどなかったのである。

「しかし、あなたはどうやら俺とは考え方が違うようだ。あなたは自ら進んで家のための道具になろうとしているんですからね」

「それは――産まれたときからそうだったんだもの」

「ええ、そうでしょうね」

ふいに、正章は柔らかな笑みを浮かべた。文子はどきりとして、思わず視線を逸らす。その微笑は、今まで父のことを語っていた表情とは、まるで別のものだった。

「だから尚更、俺はあなたが愛おしかった」

「何を、馬鹿なことを」

「本当ですよ。ずっと言っているじゃありませんか。あなたへの思いは本物だと」

「全てが偽りだったお前にそんなことを言われて、信じられると思うの」

文子は意識的に荒っぽい声で吐き捨てる。そして、自分の言葉によって、これまでの自分とこの男との歪んだ関係を生々しく思い起こす。

「お前はうちで五年もの間働いてきた。私は最初からお前が気に食わなかったわ。女中皆に好かれていて、軽薄で、品がなくて」

「勝手に好かれていたんですよ。彼女たちの好意まで俺のせいですか」

「お前が誘惑していたんでしょう」

「そんなこと、あるはずがありませんよ」

正章は鼻で嗤《わら》い、煙草を揉み消した。

「あなたももうわかっているでしょうが、あの日あなたを介抱する以前から、俺はあなたが女だということを知っていた。父に何もかも教えられていますからね。あなたは痛々しかった。同時に、高潔で美しかった。女でありながら、父のでたらめな言葉によって男にさせられた哀れな娘。それなのに、あなたはそういった憂鬱《ゆううつ》さを少しも感じさせなかった。俺はあなたの気高さを崇拝していました。あの邸に入ってから、俺はあなたしか見えていませんでしたよ」

確かに、正章はずっと文子を特別な目で見ていた。最初は執拗でなかったにしろそういった視線を感じていたからこそ、不快になり、軽薄だと思い込んだのかもしれない。

「しかし、あなたはただ高潔なだけのおひいさまではありませんでしたね。いや、高潔過ぎたからこそ、秘密を知る下男が憎らしかったのか。あの頃は不安定な年頃だったせいもあるんでしょうが、あなたは俺を執拗にいじめた。俺のあなたに対する哀れみと尊敬には、次第に憎しみや欲望が混じり、自分でもどうしようもないほど、あなたをどうにかしたかった。手に入れたかった。支配したかったんです。もう、父の意図や復讐のことなど、どうでもよくなっていました」

「でも、お前はきちんと役割を果たしたじゃないの。父親の、復讐の道具としての」

「ええ。でもそれは、途中から俺の目的になりましたから。あなたを支配するには、あなたの上の立場にならなければいけませんでしたからね」

「――――待って。でも、それじゃ」

あの祈禱師――――正章の父の目的は、純粋な復讐ではなかった。伯爵家を乗っ取り、その名誉や富を利用しようとしていた。

それならば、柳沢家を破滅に導くという脚本は、彼にはなかったということになる。せっかく手に入れた伯爵家がなくなってしまっては、それ以上甘い汁を吸うことができないからだ。

「そういえば、お父様が亡くなってから、祈禱師はぷっつり姿を見せなくなったと聞いたわ。一体、どこに」

はっとして、目の前の男を凝視する。

男は文子の考えを肯定するように、鷹揚《おうよう》に微笑んでいる。

「まさか」

「ええ、まあ。父の役割も終わったことですし、邪魔でしたからね」

「嘘でしょう！」

「本当ですよ」

父親殺し。

文子は血の気が引くのを覚えた。破落戸であることは知っていた。文子を襲ったあの二人を襲わせるほど、未だこの男が暴力的な組織と繋がりがあることもわかっていた。けれど、まさか殺人まで犯しているとは思わなかった。しかも自分の父親を。

(この男は、行く手に塞がる障害になり得るだろうと思えば、たとえそれが自分の血を分けた父でも、平気で殺してしまえるんだ)

絶句している文子を気のない目で眺め、正章は肩を竦めた。

「実際、あの男が俺の本当の父かどうかすらわかりません。もしかすると、本当の俺の父を殺して、俺をこの先利用するために奪い取ったのかもしれませんし。何にせよ、あの男も俺もろくでもないやくざ者でした。俺は父からの愛情など感じたことがなかった。それでもずっと父の稼業を手伝って生きてきましたし、父に言われるままに柳沢家の奉公人になりました。俺に自我らしいものが芽生えたのは、あなたに出会ってからなんです」

それは恐らく文子も同様だった。誰かに憎悪にしろ執着にしろ、特別な感情を抱いたのはこの男が初めてだった。この男の存在が、文子の中から生々しい感情を引きずり出し、自分が男にはなり切れぬ女であるということ、そして加虐的でも被虐的でもあること

――不安定な心を持った不完全な人間であるということを自覚したらしめたのだ。

「あなたは強いのか弱いのかわからない。不思議な人です。誇り高いかと思えば、俺のような男にも平気で脚を開く。男たちに犯されそうになっても、大して気にした様子もない。だからなんでしょうか。俺がどんなにあなたを汚しても、変わるのはあなたの肉体だけで、あなたの心は以前のままだ。心まで従順になったかと思えば、この間のように突然暴れ出したりして」

「お前は私に何を期待していたの。どんな風に変われば満足だったの」

「俺はあなたを奴隷にしようと思っていたんですけれどね」

男は平気な顔をして物騒なことを口にする。

「でも、あなたはいつまで経っても折れない。体は快楽に従順になっていくくせに、心は昔のまま、俺を見下して」

「それはお前がさっき言った通りよ。子供を復讐の道具に使うような父を尊敬できるかって。私を思い通りの玩具にしようとして、私がお前に下るとでも?」

「違いない」

男は子供のような笑い方をした。男の顔を常に覆っていた、鬱屈《うっくつ》とした影が消えてしまったような、明るい顔だった。

「それにしても、あなたは一体誰から俺のことを聞いたんです。俺が伯爵の血筋ではないと」

「エドよ」

「ああ、やっぱり」

天井を仰ぎ、失敗したというように額を手で覆う。

「会ったときから嫌な予感はしていたんです」

「どうして」

「彼の父親が何度か日本に来ていると聞いて。この小さな国にいる異人はそう多いわけじゃない。どこかしらで繋がっていることもある。そこから何か漏れはしないかと、少し警戒していたんです」

それで、エドの話を聞いたとき、正章はおかしな顔をしたのか。それにしても、偶然が偶然を呼び、文子は真実を知ることができた。エドが倫敦《ロンドン》で文子を見初めていなければ、彼が日本へやって来なければ、正章に会わなければ、文子は未だにこの男を自分の腹違いの兄だと信じていたのだろう。

「さて、種明かしはこれでおしまいです。どうしますか」

＊＊＊

正章の正体がわかってからも、文子はこの先どうすることが正しいのか、判断できずにいた。長い長い種明かしの後、文子は何も考えられなくなってしまった。何も言わずにいると、男も無言で館を去っていった。

（支配されていた時間が長過ぎる）

突然籠から放たれても、その籠が堅牢に見えて実は脆弱《ぜいじゃく》だったと知ってそこから脱しても、その後どこへ飛んでいけばよいのかわからずに戻って来てしまう鳥のように。

何も考えることができずに、夜が明けた。そしてその昼過ぎ、再び義姉がやって来た。

「文子さん、昨日はごめんなさい、取り乱したりして」

今日の満智子は昨日よりかは幾分気を強く持っているように見えた。けれど、一晩泣き明かしたのか、その両の目は腫れぼったくなり、小さな顔も青黒くむくんでいた。

「あたし、とうとう言いましたの、あの人に、このお腹の子供のことを」

満智子は泣き濡れた目をしっかりと見開いて、どこか怒りを堪えるような表情をした。

「あたし、妊ったことを申し上げれば、必ず離縁になると思いましたの。いつも素っ気ない夫でも、さすがにいきり立つと思いましたの。けれど、あの人、何て言ったと思います」

大人しい満智子の全身に一瞬で妙な気迫が漲《みなぎ》り、文子は息を呑んだ。

「その子を俺の子として産め、と言うんです。一言もあたしの不貞を責めないばかりか、そのまま運転手との関係を続けてもよいと。ただ、今流行の心中などはしてくれるな、と言うんですのよ。家名を汚すことになるから、おおっぴらに不倫はするな。何食わぬ顔で子供を産み、男妾と秘密裏に仲良くしろと、こう言うんですのよ」

ああ、と文子はため息をついた。それは、満智子の悲劇に同情しながらも、安堵の溜息《ためいき》であった。思いがけないことに対しての、感動の溜息であった。

（あの男は、己の正体が露見したというのに、未だに私との約束を守っている）

自分が男の命に従い、籠の鳥でい続けたからこそ、見返りがあったのだろうか。男の意外な誠実さを知っただけでも、文子の体には喜びが満ち満ちていくようであった。

しかし、この哀れな義姉は何も知らないのである。文子はたどたどしく、控えめに義姉を慰めようとした。

「兄も、恐らくお義姉様に後ろめたさを感じていたんじゃないでしょうかしら。それで、その運転手との仲を許したのではないでしょうか」

「それじゃ、あたしは一体何のためにあの人の妻になったんですの！」

満智子は激して、おいおいと泣き始めた。

文子はようやく理解した。満智子は、今でも正章が好きなのだ。

正章からすればこの結婚は妻の実家の金目当てであったので、妻自身に興味を示さないことは当然であったものの、満智子は違った。彼女は、不貞を働いてでも、夫に自分を見て欲しかったのだ。自分のために、怒りでも嫉妬《しっと》でも憎しみでもいい、何らかの感情を示して欲しかったのだ。

（なんて悲しい人。なんて哀れな人）

「あたし、思いあまって、離縁させて下さいと泣きついたんですの。そしたら、あの人は、離縁は許さない。黙って子供を産めと言うんです。お前が誰の子を妊ってもいいが、それを俺の子として産めと」

文子は何も言えずに、おいおいと泣き続ける満智子の頭を眺めていた。

（この人も、私とは違うけれど、あの男の籠の鳥なんだわ）

籠にはそれぞれ役割の書かれた札が下がっている。満智子の籠には『金』、文子の籠には『支配欲』。

「だからあたし、文子さんに聞きたいんです。華族って、皆こんなに冷たい風なものの考え方をするんですの。あたしのような下々の者には理解できないような、残酷な振る舞いをするんですの」

「お義姉様」

文子は泣き続ける満智子をいささか持て余し気味になっていた。なんと慰めようか考えあぐねていたとき、あの男の足音が聞こえて来た。

扉が開け放たれた音を背に聞いて、ふいに満智子の目が待ちかねたように見開かれるのを、文子は見た。

「満智子！　やはり、ここにいたか」

「旦那様！」

文子の洋館に乗り込んで来た正章を見て、満智子はすっくと立ち上がった。

文子ははっとした。もしかすると、満智子は夫がここへ来るのを待っていたのではないか。だとすると、それは、一体何のためか。悪寒《おかん》が背筋を走る。

「ようやくいらしたわね、あなた」

憎々しげに、満智子は言い放つ。正章も何かの異変を察知して、怪訝な顔をする。

「どういうことだ。お前はなぜここにいる」

「今、文子さんにあたしの不貞をお話ししましたの。そして、あなたの心ない仕打ちを打ち明けましたの」

「なぜそんなことをする。妹には関係ないだろう」

「いいえ、ありますわ！」

満智子はその小さな体からどうやったらそんな声が出るのかと思うほど、地を這うような低い声で怒鳴った。

「あたしの不貞は、あなたと文子さんへの対抗ですの。あたし、知っていましてよ。ここで毎晩毎晩、お二人が何をしていらっしゃったのか！」

しん、と水を打ったような静寂が訪れた。

（ああ。知っていたのか）

すとんと納得のいくような思いがした。思えばそれはあまりにも自然なことであった。目と鼻の先のこの館で夜ごと行われる行為に、夫に恋した妻が気づかないわけはなかったのだ。

「あたし、それでもあなたを信じておりましたのよ。いずれ道ならぬ恋からお戻りになって、あたしと本当の夫婦になって下さるって。けれど、あなたはいつまでも戻って来ない。あたしは寂しくて苦しくて、吉田と関係しました。いずれそれが露見すれば、あなたも目が覚めるだろうと思っておりました。本当は妊るつもりなどなかったんですけれど」

立て板に水を流すような満智子の訴え。耐えに耐えて来た女の悲哀がそこにはこもっている。

「ああ、でも、いけませんでしたのね！　所詮は女の浅知恵でございましたわね！　けれど、あなたがまさかあんな残酷なことを仰るなんて、あたし、夢にも思いませんでしたの！　それほどまでに、文子さんしか見えていないんですのね！」

満智子は烈《はげ》しい眼差しで文子を見た。文子は覚えず胴震いする。どんな屈強な男に睨まれたところで超然としていられた自分が、こんな小さな女性に憎しみのこもった目で見られただけで震えるとは、我ながら信じられなかった。

（これは、崩壊の序曲だ）

「もう、無理ですわ！　あたし、こんな家は懲り懲りですわ！　もう何を言われたって構うもんですか！　今すぐ離縁して下さいましね！　そして、あなたの大切にしている家名がどんな風に世間に貶《おとし》められていくのか、とくとご覧になることですわ！　世にも恐ろしい兄妹がどんな罰を受けるのか、思い知るがいいわ!!」

人形のような顔に青ざめた決意を浮かべて、満智子は静かに部屋を出て行った。

残された二人は、しばらくどちらも声を発さなかった。これからどうするべきなのか。それをすぐにでも考えなければならないのに、文子の頭はなかなか正常な思考回路を取り戻せずにいた。

「柳沢家はおしまいだわ」

「どうしてそう思うんです」

「さっきのお義姉さんの台詞《せりふ》を聞いていなかったの？　あれは脅しじゃないわ。必ずあの人はこの家に復讐する」

「させなければいいじゃありませんか」

何でもないことのように文子の言葉を否定する正章を、文子は信じられないような目で見つめた。

「何か考えがあるって言うの」

「いくつかありますよ。たとえば、満智子と吉田を駆け落ちか心中させる。この場合多少家名に瑕《きず》はつきますが、この程度のゴシップは華族の中にいくらでもあるでしょう」

「駆け落ちか、心中？　まさか」

「まあ、これは、破落戸の俺の領分ですけれどね。もしくは、俺が満智子の前でへいつくばって、俺が悪かった、これから本当の夫婦になろう、と謝ることです。この場合平穏に収まりますが、あなたへの誓いを破らないといけない」

「あなた、滅茶苦茶なことを言っているわ」

文子は疲れ果てて椅子の背にもたれかかる。

「前者は問題にもしたくないわ。後者は成功するとは思えない」

すから」

「箱入り娘の一人や二人、どうにでもなりますよ。それに、あの女はまだ俺に惚れていま
「そして謝って仲直りをして、どうするの。満智子さんは間違いなく私をどこでもいいか
ら早く嫁がせろと言うと思うわ。醜悪で無学で陰湿で、最低最悪の爺《じじ》ぃは見つかったの？」

「ははは！　あなたは物覚えがいいな」

「笑わせるつもりで言ったんじゃないわ」

どこまでも上滑りしているような正章の意見に、文子は辟易《へきえき》していた。この非常事態が、
この男には理解できていないのだろうか？

（いいえ、そうじゃない）

この最悪の結末こそ、この男の欲していたものに違いない。事態がどんどん悪化してい
くのを、この男は知っていて、それを更に助長していた。

（最初から最後まで、この男の思い通り）

無性に笑いたくなった。人間とは限界を超えると、何も感じなくなってしまうらしい。

「文子さん。今夜はここに泊まってもいいですか」

「なぜ」

「最後なんでしょう？　昨日も、言っていたじゃありませんか。こんな暮らしはおしまい

だ、って」

ああ、と文子は天井を仰いだ。そう、おしまいだ。文子自身が何の結論も出さない内に、その結末は義姉の手によって下されることになりそうだけれど。

「そうね。一緒の館で眠るくらいならいいわ。それだけなら」

「ええ、そうですね。十分です」

正章はにっこりと笑って、煙草を手に取った。

「文子さん。燐寸はありますか」

「昨日と同じ場所よ」

こんな会話も、今日で最後になるのだろう。この洋館での暮らしも、恐らく。

エドからの手紙――真実の暴露――義姉の復讐――。

一体、こんな風に急激に流れが変わるとき、その濁流の勢いに翻弄されずにまっすぐに泳いでいける魚がいるものだろうか。かつて、文子は要領のいい魚だった。要求された様々なことをこなし、優秀に障害物だらけの水の中で生きていた。けれど、今はそうではない。あの頃障害物と思っていたものは、子供だましの遊具だった。文子は小さな水槽の中で飼われていた矮小《わいしょう》な魚だったのだ。

今、大海に解き放たれ、文子は渦に呑まれるままにくるくると回転している。このままではどこにもいけないとわかっているのに、そこから逃れる術を知らないのだ。

「なんだか疲れたわ」

「ええ、そうでしょう。俺も疲れました」

「少し昼寝でもしようかしら」

「そうですね。夕食まで寝てしまいましょう。俺もそうしますから」

正章はそう言って、煙草を吹かしながらだらしなく長椅子《ソファ》に寝そべった。文子はふらりと立ち上がり、寝室へ向かった。

大きな寝台に身を横たえると、すぐに眠気に襲われる。

(色々なことが一度に起こりすぎた。今は、ただ休みたい。何も考えたくはない)

思えば、文子は自分で自分の人生を決定したことがない。いつも何かの大きな力によって歪められたり、引き戻されたりして、己の道を考える余裕もなかった。ただ、文子は家のためだけに生きていた。しかしそれがなくなれば、一体どうすればいいのだろうか。

文子は微睡《まどろ》みの中を漂っていた。深い眠りに落ちかけていた。文子は昔ほとんど夢を見なかった。見たとしても悪夢だった。しかし今は夢ほど優しい世界はない。現実の方がいつでも文子に残酷で、いっそずっと眠っている方がいいのではないかと思ったこともある。

(ああ、けれど、私の世界は変わるのだ。これからはどんな夢を見るのだろう)

夢うつつの狭間で文子はふと微笑んだ。そして、眠りの底へ落ちていった。


ドン、と重い何かの爆発音がしたように思った。

「文子さん、起きなさい！」

乱暴に肩を揺すぶられて、目が覚める。体を起こされてすぐに咳き込んだ。妙な臭いがした。室内が白く靄《もや》がかかって見える。

「そこの窓から出ましょう。玄関で何かが爆発しました。火が出ています」

「え、なんですって」

「あの女の手下でしょう。さあ、早く！」

正章は窓を開け、最初に文子を外へ出し、次に自らも出た。

文子はまだ夢を見ているのではないかと思った。火の勢いは強く、見る見る内に館は焔《ほのお》に呑み込まれていく。使用人たちは遠巻きに館を眺め、ただ夕闇に舞い上がる火の粉を恐ろしげに見つめている。男たちが躍起になって水をかけたりするものの火に油だ。

「消防車は呼んだか」

「はい、もちろん！　ああ、殿様、一体なぜこんなことに」

右往左往する人々の中に、満智子の姿はない。

「お義姉様は」

「当然、とっくにここを出ていますよ。自動車がありませんから」

この邸で自動車を使える人間は、正章と文子を除けば満智子しかいない。正章と文子が眠っている間に、邸を出て行ったのだろうか。

「用事も済んだので実家に帰るんでしょうね」

正章が平坦な声で述べる。家に帰り、満智子は親に正章と文子のおぞましい関係を包み隠さず訴えるに違いない。そうなれば、可愛い娘をないがしろにされた親は激怒するだろう。裕福な商家の主は方々に太い繋がりがあるはずである。間違いなく新聞沙汰になるに違いない。

耳に遠ざかっていくエンジンの音が聞こえたような気がした。それは、柳沢家の終わる音だった。

(ああ。私の守ろうとしていたこの家が終わる。醜聞に塗《まみ》れ、各新聞社にあることないこと書き立てられ、名誉は貶められ、柳沢家の権威は失墜する)

不思議と、今まで自分を閉じ込めて来た洋館の燃える姿を眺めていると、文子の頭は明瞭になり、ものを考えられるようになった。それは、はっきりと今や潰《つい》えようとしている檻を目の当たりにしたことで、己の身が自由であると実感したからなのかもしれない。
（そうだ、私は考えなくてはいけない。初めて、自分でこれからのことを考えなくてはいけないんだ）

遠くに消防車の音が聞こえる。ああ、本物の消防車を見るのは初めてだわ、と文子は頭の隅で思う。

（万が一当主のこの男が祈禱師を殺したことが明らかになれば、爵位は返上される。代々続いてきた家も途切れる。裁判でこの男が実際は伯爵家の血筋ではないと露見しても、父の遺言書に柳沢家に入籍させ跡継ぎとすべしと書かれている時点で、元がどこの生まれであろうが、この男は柳沢家の一族なのだ。この男の行為は、柳沢伯爵の行為なのだ）
（私が生涯をかけて、体を張って守ろうとしたものが、家の名誉が、地に落ちる。壊れていく）
（私はこの先、一体どうすればいいのだろう。家がなければ、私には、何もない。もう、何もないんだ――――）

文子は呆然と虚空を見つめた。焰が身をくねらせる藍色の空を見た。

何という虚しい気持ちなのだろうか。重々しかったこの肉体さえ、羽のように軽く感じる。

しかし、どういうわけか悲しくはない。絶望を感じた先に、何か広い世界が見えるのだ。

(ああ、何なのだろう、このいっそ清々したという思いは。この途方もなく続くような開けた心地は)

(私はこれまで家のために生きてきて――家がなくなった今、その生きる目的もなくなってしまうって言うのに)

(もう、お家の危機は免れないと悟った途端に、家の名誉はなきに等しいものになるのだとわかった途端に、私は、解き放たれてしまった。家が、檻が壊れてしまえば、私はどこへでも飛び立つことができる)

(私は、自由だ――自由なんだ!)

それは文子が初めて感じた空気だった。

まるで、長い長い眠りから覚めたような、今まで閉じこもっていた卵の殻が割れ、外に青い空が見えたような、眩《まばゆ》い感覚だった。

(ああ――青)

青。それは、空の色。海の色。そして、あの青年の瞳の色。

(エド。私、ここを飛び出して、あなたのところへ行ってもいいのかしら。私を閉じ込める家はもうなくなってしまうの。この日本には私の居場所はないの)

（でも、あなたの国にならどこかにあるのかしら。私が自由に生きて、自由に勉強をして、自由に馬に乗って、男だから、女だから、平民だから、貴族だからと、性別にも、家にも、何にも縛られずに、閉じ込められずに、私自身が生きていける場所があるのかしら）

「何を、晴れ晴れとした顔をしているんですか」

文子の憑き物の落ちたような顔を見て、正章は苦笑している。

「そんなに嬉しいですか。この館が燃えるのが」

「違うわ。ただ、これからのことを考えていただけ」

「もしかして、あの男のところへ行く気ですか。英吉利《イギリス》へ」

行ったっていいじゃないの。もう、私は自由。

そう言おうとする前に、正章は満面の笑みを浮かべた。焔に照らされた真っ赤な顔の中で、端正な唇の端がキュウッとつり上がる。真っ黒な目の奥で何かが揺らめいている。その笑顔を見て、なぜか文子の胸はどくんどくんと鼓動が速くなっている。

「逃がしませんよ」

「え？」

「言ったでしょう。俺は、あなたが欲しいんですよ。親を殺してでも、あなたを所有するこの環境を手放したくはなかったんですよ」

「でも」

舌が強張って、上手くものが言えない。

（いやだ、私ったら、どうしたんだろう）

今更、この男相手に何を臆しているというのか。己の動揺がわからずに、文子は上顎に張り付く舌を懸命に動かした。

「でも、あなただってわかっているでしょう。お義姉様が、自動車で出て行かれたことを」

「ええ。運転手はもちろん吉田でしょうね」

頭の奥で、何か不吉な音が鳴った。

腹の底が、氷を抱いたように冷たくなった。

「お前、まさか」

「いいじゃないですか。不倫の果ての逃避行。途中で悲劇の自動車事故。若い二人の最期を飾るにはもってこいですね」

まさか、まさか、まさか。

「ちょっとした細工をさせました。満智子があなたの館にいる間に」

　ああ。

　この男は、最初からそうするつもりだったのだ。満智子が全てを暴露しようとすることも、吉田の運転で実家へ帰ろうとすることも、全て計算済みで、最後の罠を仕掛けたのだ。

　だからあんなにも落ち着いていたのだ。家の秘密が決して外には漏れぬと知っていたから――。


　怪物の笑みを浮かべた男は一人でべらべらと喋っている。

「ああそうそう、この前の薔薇の花束だけが誕生日の贈り物ではないんです。実は、邸の地下に、あなたにぴったりの部屋を作ったんですよ。隠し扉で開くんですが、絶対にどんな音も漏れないし、鍵がないと中からは決して開かないんです。壁は全て赤みがかった肉色です。丁度《ちょうど》、あなたの潤んだ粘膜のようですね。八方に大きな姿見《すがたみ》も配置してあります。これであなたのいやらしい姿がどんな角度からでも見られますよ」

「邪魔者がいなくなったら、あなたをそこにお招きしようと思っていました。色々な道具も揃えたんですよ。男女の秘戯図《ひぎず》をそこら中に鏤《ちりば》めてあります。時を忘れて愉しめる類《たぐ》いの薬もたくさんありますよ。淫乱なあなたはきっと気が狂うほど満足してくれるはずです」

「ああそう、あなたが心配しないように教えて上げます。あの女の資金を元手に始めた会社はとても好調ですよ。しばらくお金に困ることはありません。家の体裁も何もかも、あなたの望み通りに輝かしいままです」

「よかったですね。あなたが守ろうとしていた家は、ちゃアんと無事ですよ。ね。俺は約束を守るでしょう。あなたが言うことを聞く限り、俺はこの家を大切に大切に大切に守っていきますよ」

檻は、壊れていなかった。

それどころか、以前よりも頑丈になって、どんな嵐にも、びくともしないような超然としたたたずまいを見せている。

文子は、飛び立つことはできなかった。海の色も、空の色も、青年の瞳の色も、文子には更に遠いものになってしまった。自由を夢想していた翼は一瞬で叩き折られ、羽をむしられ、文子は現実へ堕ちた。

洋館が轟音を立てて崩れる。真っ赤な火の粉が激しく美しく闇夜に舞う。消防車の音。耳障りなサイレン。人々の叫ぶ声。黒。赤。赤。赤。

固く逞しい腕に抱かれている。柔らかな肉を縛り付ける鋼鉄の鎖はどこまでも巻き付いていく。

（ああ。私の世界は――――この家は――――）

またひとつ、世界が脱皮した。

その向こうには、どんな新しい世界があるのだろうか。

しかし、何のことはない。最初と同じ、曖昧な色彩の世界が、どこまでもどこまでも広がっているのである。

文子は、絶叫した。

あとがき

こんにちは。丸木文華《まるきぶんげ》です。今作をお手に取って下さりありがとうございます。

執筆に取りかかる前に、どんな話にしようかと担当さんとお話ししていたとき、「次回も近代ものを」と打診されたのですが、前回もそうだったし、なんだか近代ばかり書いている気がして、読者の皆様は飽きているのではなかろうか、と思ったのですが、「前回から一年半以上経っていますし」と言われて、初めて前作からそんなに時間が経っていたのか、ということに気づきました。月日の流れが早過ぎて恐ろしいです……。

というわけで、ティアラ文庫さんでは大分ご無沙汰《ぶさた》してしまいました。今作も近代を舞台にしたものになったのですが、いかがでしたでしょうか。

前作の主人公がお人形のような自我の乏しい女の子だったので、今回は強い子が書きたいと思い、以前から書いてみたかった男装の麗人的設定を使ってみました。本来女性である主人公が男として生きてきたことで、より男に対する加虐的な心、その裏にある支配されたい被虐的な心が顕在化《けんざいか》し、それに引きずられて歪んでいき、やがては怪物化する男も、書いていてとても面白かったです。

私は楽しんで書いたのですが、前作以上に人を選びそうな話になってしまったので、これを許して下さった担当さんの度量には本当に感謝しております。

それに、前作に引き続き挿絵をお願いした笠井《かさい》先生の描かれる絵も、ますます美しく、ますます退廃的になっていて、もうひれ伏すほかありません。最初に頂いたキャラクターのラフ絵も、文子の意志の強さや正章の狂気がしっかりと描かれていて、感じ入ってしまいました。今から実際の本を手にするのがとても楽しみです。

最後に、今作をお求めになって下さった皆様、素晴らしい挿絵を描いて下さった笠井先生、いつも広い心でアクの強い作品を許して下さり、その上で的確なご指摘を下さる担当のM様、本当にありがとうございます。

なかなか成長できない凡庸《ぼんよう》な作家ですが、精進《しょうじん》していきたいと思いますので、今後もおつきあいしてやって頂ければ幸いです。

それでは、またどこかでお会いできることを祈って。

なりかわり

ティアラ文庫をお買いあげいただき、ありがとうございます。
この作品を読んでのご意見・ご感想をお待ちしております。

✦ ファンレターの宛先 ✦
〒102-0072　東京都千代田区飯田橋3-3-1
プランタン出版　ティアラ文庫編集部気付
丸木文華先生係／笠井あゆみ先生係

ティアラ文庫WEBサイト
http://www.tiarabunko.jp/

著者——丸木文華（まるき　ぶんげ）
挿絵——笠井あゆみ（かさい　あゆみ）
発行——プランタン出版
発売——フランス書院
〒102-0072　東京都千代田区飯田橋3-3-1
電話（営業）03-5226-5744
（編集）03-5226-5742
印刷——誠宏印刷
製本——若林製本工場

ISBN978-4-8296-6625-8 C0193

8月10日が待ち遠しい！
才媛（眼鏡クールストーカー気味）と隣国の貴族（腹黒笑顔伯爵）
野梨原花南
Illustration 椎名咲月
糖度たっぷり初恋物語
初めて男の人から受けた愛の告白、
少し触れられただけで広がる快感。
セックスってこんなに幸せなものなのね。
笑えて少し切ないセンシティブ・ラブコメ。

原稿大募集

ティアラ文庫では、乙女のためのエンターテイメント小説を募集しております。
優秀な作品は当社より文庫として刊行いたします。
また、将来性のある方には編集者が担当につき、デビューまでご指導します。

募集作品

H描写のある乙女向けのオリジナル小説（二次創作は不可）。
商業誌未発表であれば同人誌・インターネット等で発表済みの作品でも結構です。

応募資格

年齢・性別は問いません。アマチュアの方はもちろん、
他誌掲載経験者やシナリオ経験者などプロも歓迎。
（応募の秘密は厳守いたします）

応募規定

☆枚数は400字詰め原稿用紙換算200枚～400枚
☆タイトル・氏名（ペンネーム）・郵便番号・住所・年齢・職業・電話番号・
　メールアドレスを明記した別紙を添付してください。
　また他の商業メディアで小説・シナリオ等の経験がある方は、
　手がけた作品を明記してください。
☆400～800字程度のあらすじを書いた別紙を添付してください。
☆必ず印刷したものをお送りください。
　CD-Rなどデータのみの投稿はお断りいたします。

注意事項

☆原稿は返却いたしません。あらかじめご了承ください。
☆応募方法は郵送に限ります。
☆採用された方のみ担当者よりご連絡いたします。

原稿送り先

〒102-0072　東京都千代田区飯田橋3-3-1
プランタン出版「ティアラ文庫・作品募集」係

お問い合わせ先

03-5226-5742　　プランタン出版編集部